हिन्द पॉकेट बुक्स

अंशू

अमृता प्रीतम पंजाबी के सबसे लोकप्रिय लेखकों में से एक थी। अमृता प्रीतम का जन्म 1919 में गुजरांवाला पंजाब (भारत) में हुआ। उनका बचपन लाहौर में बीता और शिक्षा भी वहीं हुई। किशोरावस्था से उन्होंने लिखना शुरू किया। उन्होंने सौ से अधिक कविताओं की किताब लिखी, साथ ही फिक्शन, बायोग्राफी, आलेख और आटोबायोग्राफी लिखकर साहित्य में नया मुकाम हासिल किया। इनकी तमाम पुस्तकों का कई भारतीय भाषाओं सहित विदेशी भाषाओं में भी अनुवाद हुआ। अमृता प्रीतम पहली महिला लेखिका हैं, जिन्हें 1956 में साहित्य अकादमी पुरस्कार मिला। 1982 में उन्हें काग़ज़ ते कैनवास के लिए ज्ञानपीठ पुरस्कार मिला। 2004 में पद्मविभूषण भी प्रदान किया गया।

अंशू

अमृता प्रीतम

हिन्द पॉकेट बुक्स
पेंगुइन रैंडम हाउस इम्प्रिंट

हिन्द पॉकेट बुक्स

यूएसए। कनाडा। यूके। आयरलैंड। ऑस्ट्रेलिया। सिंगापुर
न्यू ज़ीलैंड। भारत। दक्षिण अफ्रीका। चीन

हिन्द पॉकेट बुक्स, पेंगुइन रैंडम हाउस ग्रुप ऑफ़ कम्पनीज़ का हिस्सा है,
जिसका पता global.penguinrandomhouse.com पर मिलेगा

पेंगुइन रैंडम हाउस इंडिया प्रा. लि.,
चौथी मंजिल, कैपिटल टावर -1, एम जी रोड,
गुड़गांव 122 002, हरियाणा, भारत

पेंगुइन
रैंडम हाउस
इंडिया

प्रथम संस्करण हिन्द पॉकेट बुक्स द्वारा 1980 में प्रकाशित
यह संस्करण हिन्द पॉकेट बुक्स में पेंगुइन रैंडम हाउस द्वारा 2022 में प्रकाशित

10 9 8 7 6 5 4 3 2

ISBN 9789353495695

मुद्रकः रेप्रो इंडिया लिमिटेड

www.penguin.co.in

FSC www.fsc.org MIX Paper from responsible sources FSC® C047271

This is a legitimate digitally printed version of the book and therefore might not have certain extra finishing on the cover.

अपने बारे में

नीना मेरे एक उपन्यास की पात्र है। पतले-से, सांवले-से, कोमल-से मुखवाली नीना। एक रात वह मेरे सपने में आई। देर तक उसने मुझसे कोई बात न की, मेरे सामने खड़ी बस रोती रही। वह रोए जा रही थी और मैं उसे चुप करा रही थी। फिर वह हिचकियां लेती हुई मेरी बांह हिलाकर मुझसे कहने लगी, 'मेरी उम्र थी यह दुःख सहने की? मेरा चेहरा था इन आंसुओं के लायक? तुमने मेरी कहानी ऐसी क्यों बना दी? मैं रोती रहूं, तुम्हें अच्छा लगता है? यह तुमने क्या किया है मेरे साथ?' आज जब मैं इस सपने के बारे में सोचती हूं, तो मुझे लगता है कि यदि ईश्वर भी रात के समय सोता हो और उसे सपने आते हों, तो मैं भी ज़रूर एक बार नीना की तरह उसके पास जाकर उसकी बांह हिलाऊं और उससे यही सवाल पूछूं,जो नीना ने मुझसे पूछे थे।

वैसे मैं छोटी-सी थी, बहुत छोटी-सी, जब एक दिन स्कूल जा रही थी, तो मेरी मां की एक सहेली ने मेरे हाथ से बस्ता लेकर कहा था, 'आज स्कूल न जा। तेरी मां की हालत ठीक नहीं है।' मैं घबराकर मां की चारपाई के पास चली गई थी—मां से दिलासा लेने के लिए। मां ने एक बार आंखें खोलकर मेरी तरफ देखा था, पर शायद पहचाना नहीं था। फिर आंखें बन्द कर ली थी। मैं कांपती हुई चारपाई के पाये को पकड़कर खड़ी हो गई थी। मेरी मां की सहेली ने मुझसे धीरे से कहा था, 'अपने पूरे दिल से ईश्वर से कह कि वह तेरी मां को मरने न दे। ईश्वर बच्चों का कहना मान जाता है।' मेरे पांव धरती

से जुड़ गए और मेरा ध्यान आकाश से जुड़ गया। पता नहीं, कितना समय बीत गया। कमरे में बैठे हुए लोगों के रोने की आवाज़ों से मेरा ध्यान टूटा। लोग कह रहे थे कि मेरी मां मर गई है। और मेरे शरीर की सारी नसों में खून के स्थान पर एक क्रोध बहने लगा। 'ईश्वर किसीकी नहीं सुनता! बच्चों की भी नहीं सुनता!' इसलिए उस दिन के बाद आज तक मैंने ईश्वर से कुछ नहीं कहा। केवल जब कभी अपने भयानक अकेलेपन से बहुत घबरा जाती हूं, तो ज़िन्दगी के पास दिलासा लेने के लिए जाती हूं। ज़िन्दगी, मृत्युशय्या पर पड़ी मेरी मां की तरह, मुझे एक चारपाई पर पड़ी हुई प्रतीत होती है। मैं उसे आवाज़ देती हूं। वह एक बार आंखें खोलकर मेरी तरफ देखती है, पर शायद पहचानती नहीं और आंखें बन्द कर लेती है। मैं कांपती हुई उसकी चारपाई के पाये को पकड़कर उसके पास खड़ी रहती हूं।

मेरी मां से विवाह करने के पहले मेरे पिताजी उठती जवानी में वैरागी साधु बन गए थे। लखपति पिता के पुत्र थे, पर उनकी बहिन की मृत्यु ने उनके मन में वैराग्य भर दिया था। साधुओं के डेरे में 'बालका साधु' के नाम से ख्यात थे। उन्होंने योग की साधना की, संस्कृत पढ़ी, हिकमत सीखी और मन के वैराग्य से कविता लिखने लगे। पर जिस प्रकार उनके मन को जायदाद के सुनहरे तार नहीं बांध सके थे, योग की खुरदरी रस्सियां भी न बांध सकीं। उन्हें सन्तों के डेरे पर प्रणाम करने के लिए आनेवाली एक सुन्दर युवती 'राज' से प्रेम हो गया। उस लड़की का, जब वह छोटी थी, बदले में कहीं विवाह हो गया था; पर वह जबर्दस्ती के उस विवाह से खुश न थी, इसलिए कभी ससुराल नहीं गई थी। उसका पति फौज में भर्ती हो गया था और वह अपनी मां के पास रहकर एक स्कूल में नौकरी करती थी। उस लड़की के साथ बालका साधु के प्रेम की शहर-भर में चर्चा होने लगी। बालका साधु नित्य नई कविता लिखते और उस लड़की की सुन्दरता

के गीत गाते। डेरे के सबसे बड़े महात्मा दयालजी बालका साधु और उनकी कविता को बहुत पसन्द करते। उन्होंने अनहोनी को होनी में बदल दिया और उस लड़की से बालका साधु का विवाह कर दिया। वही लड़की 'राज' मेरी मां बनी और वही बालका साधु मेरे पिता।

और जब मेरी मां मर गई, तो मेरे पिता का जैसे इस संसार से सम्बन्ध टूट गया। वे शहरी जीवन को छोड़कर पहाड़ों और जंगलों में घूमना चाहते थे; पर उनके सामने यह समस्या था कि बाद में मेरा क्या होगा। कभी वे मुझे बेहद प्यार करते और कहते कि मैं उनके जीवन का सहारा हूं। पर कभी मेरे अस्तित्व से ही खीज उठते और कहते कि मैं उनके जीवन का बन्धन हूं। मुझे पता नहीं चलता था कि मैं अपने पिता को स्वीकृत हूं या अस्वीकृत। मुझे यह भी पता नहीं चलता था कि मैं अपना क्या करूं। और आज तक मुझे पता नहीं चला कि जीवन को भी मैं स्वीकृत हूं या अस्वीकृत। न ही आज तक यह पता चला है कि मैं अपना क्या करूं।

जब छोटी थी (मां मर चुकी थी, भाई-बहिन कोई था नहीं, और पिताजी रात-भर अपने कमरे में बैठकर लिखते रहते थे), तो मैं बिलकुल अकेली अपने घर की छत पर खड़ी होकर चांद की ओर देखती रहती थी। चांद के सीने में पड़े हुए दाग मुझे ऐसे लगते थे, जैसे किसीका नाम लिखा हो। यह नाम मेरी आंखों में मेरी मां का नाम बन जाता था: 'राज'!

जब मैं जवान हो गई और कल्पना में अपने प्रिय के मुख के बारे में सोचने लगी, तो मैंने उस कल्पित मुख का एक कल्पित नाम भी रख लिया: 'राजन'! जब चांद की ओर देखती, तो मुझे लगता कि चांद के सीने में पड़े हुए दाग बड़े हो गए हैं; और अब वहां

लिखा हुआ है: 'राजन'।

चांद के सीने में पड़े हुए दाग भी आदिकाल के दाग हैं और मेरी भटकती हुई दष्टि भी आदिकाल की दष्टि है। मेरी कविताओं और मेरी कहानियों के सीने में जो दाग हैं, यदि उन्हें कोई अक्षरों की तरह आपस में जोड़कर देखे, तो यही शब्द बनेंगे: 'राज' और 'राजन'!

मैं शिलर के कथन से सहमत हूं कि हमारी निरूपण-शक्ति की कोख में से जितने भी पात्र जन्म लेते हैं, उन सबमें हम स्वयं वर्तमान होते हैं। जैसे कोई अपने को कई आईनों में देखता है। कलाकार का यह व्यक्तित्व वामन-अवतार की तरह होता है, जिसके कदम अधिकाधिक बड़े होते जाते हैं। सारी धरती और सारा आकाश नाप लिया जाता है, हालांकि कलाकार ने अभी ढाई कदम ही उठाए होते हैं। सैकड़ों कहानियां लिख-लिखकर भी कलाकार जब फिर नई चीज़ लिखने लगता है, तो अपने को ही एक नये कोण से देख रहा होता है।

मुझे छः वर्ष की वह छोटी-सी बच्ची नहीं भूलती, जो आधी रात के समय उठकर जम्हाइयां लेती हुई एक लम्बी 'अरदास' (प्रार्थना) को ज़बानी याद किया करती थी, क्योंकि उसे सुबह लाहौर के सबसे बड़े गुरुद्वारे में खड़ी होकर यह अरदास पढ़नी थी। यह उसके पिताजी की आज्ञा थी। बच्ची को पता था कि उसे अरदास का एक शब्द भी भूल गया, तो उसके पिता उसे बहुत पीटेंगे। सफेद खद्दर की कमीज़-सलवार पहने जब बच्ची ने गुरुग्रंथ साहब के सामने खड़ी होकर दोनों हाथ जोड़े, तो उसे लगा कि उसके चारों तरफ खड़े सैकड़ों लोगों की आंखें और किसी भी तरफ देखने की बजाय केवल उसकी ओर देख रही हैं। उसे अरदास के आरम्भिक शब्द भूल गए। बच्ची ने घबराकर

आंखें बन्द कर ली और मन में केवल अपने पिता के मुख की कल्पना की। उसे पूरी अरदास याद हो आई और वह अरदास पढ़ने लगी। गुरुद्वारे में उपस्थित सभी लोगों को लगा, जैसे यह कोई बहुत बड़ा आश्चर्य हो। छोटी-सी लड़की न कहीं भूली, न कहीं अटकी। लोगों ने बच्ची को फूलों से लाद दिया। वह बच्ची सैकड़ों अपरिचित चेहरों को आश्चर्य से देखती हुई उस भीड़ में अपने पिता का चेहरा ढूंढ़ने लगी। जब उसे वह चेहरा दिखाई दिया, तो वह अपने गले से फूलों के सब हार उतारकर पिता की बांह से चिमट गई; और पूछने लगी, 'अब तो मुझे प्यार करोगे?'

फिर जब उस बच्ची की मां मर गई, तो लोगों ने उसके पिता से कहा कि वे और ब्याह कर लें। यद्यपि उसके पिता के घर कोई पुत्र नहीं था, फिर भी उन्होंने और ब्याह नहीं किया और बच्ची को अपने पास बिठाकर कहा, 'लोग व्याह इसलिए करते हैं कि उनके घर में पुत्र हो। लोग पुत्र इसलिए मांगते हैं कि उनका नाम संसार में बना रहे। मैं तुम्हें ऐसी कला सिखाऊंगा कि तुम्हारा नाम लोगों के पुत्रों से ज़्यादा चमकेगा और इस तरह तुम्हारे नाम में मेरा नाम सदा जीवित रहेगा।' उस बच्ची ने हाथ में कागज़-कलम लेकर सीखना शुरू किया कि कविता कैसे लिखी जाती है, काफिया कैसे मिलाया जाता है, रदीफ किसे कहते हैं, मात्राएं कैसे गिनी जाती हैं। और जब वह बच्ची कविता की कुछ पंक्तियां जोड़ लेती, तो अपने हाथ का कागज़ पिता के सामने रखकर उनके मुंह की तरफ देखने लगती; जैसेकि उसकी परेशान नज़र केवल एक ही बात पूछना चाहती हो, 'अब मुझे प्यार करोगे?'

आज वह बच्ची पंजाबी की प्रसिद्ध कवयित्री अमृता प्रीतम बन गई है। जब कहीं मेरी कविताएं छपती हैं, या मेरी कहानियां हिन्दी,

अंग्रेजी या किसी और भाषा में अनूदित होती हैं, तो मुझे लगता है कि मैं अपनी हर नई पुस्तक हाथ में पकड़कर वैसे ही हैरान बनी हज़ारों अपरिचित चेहरों की भीड़ में कोई एक चेहरा ढूंढ़ती रहती हूं और उससे पूछना चाहती हूं, 'अब तो मुझे प्यार करोगे?'

और फिर मुझे वह जवान लड़की नहीं भूलती, जिसने कई साल अपने मन में किसीसे बहुत प्यार किया। जब भी कोई गीत लिखा, उसके चेहरे को अपनी कल्पना में देखा। पर जिससे उसने प्यार किया, वह सदा उसकी तरफ से लापरवाह रहा। केवल एक बार उसने यह बताया कि एक लकड़हारा था और एक राजकुमारी थी। लकड़हारा रोज़ जंगल में लकड़ियां काटने के लिए जाया करता था। धूप तीखी हो जाती थी, तो वह माथे का पसीना पोंछता हुआ एक पेड़ की छाया में सो जाता था और रोज़ सपने में राजकुमारी का चेहरा देखा करता था। एक दिन लकड़हारे ने सचमुच जंगल में राजकुमारी को साक्षात् देखा। वही चेहरा था—सपनों की राज-कुमारी का चेहरा। राजकुमारी के इर्द-गिर्द उसकी सहेलियों का जमघट था। वह सोने की पालकी में बैठी थी। लकड़हारे के शब्द गूंगे हो गए।

फिर उस व्यक्ति ने उस लड़की से कहा कि तुम दरअसल इतनी सुन्दर हो कि तुम्हें प्यार करते मुझे डर लगता है। उस लड़की की उम्र के सारे जवान साल सोच-विचार में खो गए। अब वह जवान लड़की, अर्थात् मैं, जब चालीस साल की स्त्री बन गई है, तो मुझे लगता है कि मैं जब भी आईने के सामने खड़ी होती हूं, तो कह रही होती हूं, 'देखो, अब तो मैं सुन्दर नहीं रही। मेरे चेहरे पर उम्र की कितनी लकीरें पड़ गई हैं! मेरा रंग कितना स्याह होता जाता है! क्या तुम मुझसे अब भी प्यार नहीं कर सकते?'

जब किसी स्त्री से एक बार इसलिए लापरवाही बरती जाए

कि वह ज़रूरत से ज़्यादा सुन्दर है, और दूसरी बार इसलिए कि वह ज़रूरत के मुताबिक सुन्दर नहीं रही, तो बात क्या बनी! और बात ही तो नहीं बनी! इसलिए वह स्त्री, अमृता प्रीतम, अर्थात् मैं, जिस तरह अपने जीवन के शुरू के वर्षों में परेशान थी, आज अपनी उम्र के ढलते वर्षों में भी परेशान हूं।

'क्यों' का उत्तर कभी किसीको नहीं मिला। 'कहां' का उत्तर भी नहीं मिलता। गालिब का कथन मैंने कई बार आज़माकर देखा है। कहां हूं मैं?—जहां अपनी खबर नहीं! अब रह गया 'क्या'। मेरे पास इसका भी उत्तर नहीं। मैं क्या हूं? मुझे पता नहीं। मेरे समालोचक कहते हैं कि उन्हें पता है—असफल प्रेम की सफल कहानी-लेखिका। ऐसा ही सही। मेरे तीन बच्चे हैं। चौदह साल का एक बेटा, सोलह साल की एक बेटी, और एक पचीस साल की मेरी यह कलम! चाहती हूं, ये तीनों सफल हो जाएं। मैं असफल ही सही।

—अमृता प्रीतम

अशू

कॉलिज की संगीत-सभा में इस बार लड़कियों ने अशू को बड़े चाव से बुलाया था। अशू को देखने की और उसका गाना सुनने की लड़कियों को चिरकाल से अभिलाषा थी। एक लड़की ने अशू के लिए छोटी इलायचियां पिरोकर एक हार बनाया था। मोतिये की ऋतु नहीं थी, फिर भी एक लड़की ने सफेद खद्दर की कलियां काटकर अशू के लिए एक गजरा गूंथा था, और एक लड़की ने सफेद मोतियों की लड़ी बनाकर अशू के बालों में लगा दी थी।

अशू को आज कॉलिज की जवान, चाव-भरी लड़कियों से इतना प्यार पाने का अजीब अनुभव हुआ था। वह नहीं जानती थी कि उसकी आवाज़ और उसके गीत लड़कियों के दिलों में इतना घर कर चुके हैं।

उन लड़कियों में एक लड़की तारा थी जो सारे समय अशू के साथ ही रही थी, पर जिसने उससे इतनी बातें नहीं की थीं जितना कि उसे तकती रही थी।

अशू को तारा अच्छी लगी। वह एक पतली-दुबली, लम्बी और बांकी लड़की थी। किसीके कानों में पड़ी हुई बालियां अशू को कभी इतनी अच्छी नहीं लगी थीं जितनी कि उसने तारा के कानों में फबती हुई देखीं। तारा की नाक में सात नगों की तिल्ली पड़ी हुई थी। अशू को आज पहली बार तिल्ली भी अच्छी लगी। तारा गाती भी थी। पहले तो वह अशू के इतना बढ़िया गाने के बाद गाने के लिए तैयार नहीं थी, पर संगीत-सभा में से उठ आने के बाद एक लड़की के

कमरे में चाय पीते हुए उसने एक गीत गा दिया। तारा के गले में बहुत हरकत नहीं थी, पर अशू ने देखा कि वह गाती सुर में थी। उसने तारा की बहुत तारीफ की।

"आपसे मिलने के लिए मैं कभी आपके घर आ जाऊं?" अशू जब जाने लगी तब तारा ने उससे पूछा।

"जब जी चाहे···" अशू ने कहा।

"आपका पता?"

अशू ने अपने घर का पता तारा को लिख दिया।

तीन-चार दिन ही बीते होंगे कि तारा अशू से मिलने के लिए आई। सनीचर का दिन था और दोपहर के बाद का सारा समय तारा के पास खाली था।

"यह मेरी छोटी बहिन है—नीता।" अशू ने कहा।

"बिलकुल आपपर है! बड़ी होकर यह भी आपकी तरह अच्छा गाएगी।"

"मुझे तो अभी तानापूरा भी नहीं छेड़ने देती!" नीता हंस पड़ी।

"तू गाएगी, मुझसे अच्छा गाएगी, पर अभी पढ़ तो ले!"

अशू, तारा और नीता इसी तरह छोटी-छोटी बातें करती रहीं।

तारा जब आई थी उसी समय नीता दर्ज़ी से अपनी नई सिली कमीज़ लेकर आई थी। अशू ने अब नीता को वह कमीज़ पहनवाकर देखा कि नाप ठीक है या नहीं। कमीज़ का रंग कच्चे अंगूरों का सा था।

"इसके ऊपर अगर हरे रंग के धागे से काम किया जाए तो बहुत ही सुन्दर लगे।" तारा ने कहा।

"दीदी को तो समय नहीं मिलता। ये कभी भी मेरी कमीज़

पर फूल नहीं बनातीं।"

"ले आ, मैं बना दूं, मैं भी तो तेरी बहिन हूं।"

नीता अपने स्कूल की बातें सुनाती रही। तारा ने कमीज़ के गले पर पेन्सिल से एक फूल बनाकर उसे धागे से भर दिया। नीता आज बड़ी खुश थी।

अशू ने जब नीता के हाथ रसोई में चाय बनाने के लिए सन्देश भेजा और साथ ही यह कहला भेजा कि चाय के साथ आज कोई खास चीज़ बनाई जाए, तो तारा स्वयं उठकर रसोई की ओर चल दी।

"आज मेरा जी कर रहा है कि मैं आप चाय बनाऊं।"

"ऐसे मेहमान तो रोज़ आएं!···" कहकर अशू हंसने लगी।

आधा घंटा भी नहीं हुआ होगा कि तारा ने चाय की सब चीज़ें मेज़ पर लगा दीं।

"मैं होस्टल में रहती हूं न, इसलिए घर की पकी हुई रोटी के लिए तरस गई हूं। घर की बनी हुई कोई भी चीज़ मुझे बहुत अच्छी लगती है।"

"ये क्या हैं, शकरपारे? अभी बनाए हैं?" अशू हैरान हो गई।

"ये तो बड़े ही स्वादिष्ट हैं; मैंने इतने अच्छे कभी नहीं खाए।" नीता बोली। वह आज बहुत खुश थी।

"आज, तारा, रात को खाना खाकर जाना।" चाय पीते समय अशू ने कहा।

"फिर तो मेरा होस्टल बन्द हो जाएगा।"

"तो फिर, तारा बहिनजी, आप हमारे घर ही रह जाइएगा।" नीता ने पास बैठे हुए कहा।

"मुझे कोई अपने घर नहीं रखता।" तारा हंसने लगी।

"आपकी माताजी कहां हैं?"

"अपने गांव।"

"वे यहां आती हैं?"

"वे नहीं आतीं, मैं छुट्टियों में जाती हूं।"

चाय समाप्त हुई। नीता खेलने चली गई और अशू तारा को अपने गाने के कमरे में ले गई।

"मेरा तानपूरा!" अशू ने अपने तानपूरे पर से पतला सफेद कपड़ा हटाकर दिखाया, जो एक अत्यन्त मूल्यवान भेंट की भांति प्रतीत होता था।

तारा आश्चर्यचकित-सी हो गई थी। तानपूरे पर हाथीदांत का इतना बारीक काम किया हुआ था कि तार छेड़ने की बात कौन कहे, उसपर दृष्टि नहीं टिक पाती थी।

अशू ने तारों को छेड़ा और एक भरी हुई गूंज सारे कमरे में फैल गई।

फिर अशू ने तारा को जोड़ी दिखाई, वायलिन दिखाई, मैडोलिन दिखाई; और अन्त में कमरे में लगी हुई अपनी मां की तसवीर के पास आकर रुक गई।

"यह मेरी मां···"

"बड़ी सुन्दर थीं!" तारा ने कहा और अपनी दोनों बांहें अशू के गिर्द डाल दीं—"आप मुझे अपनी छोटी बहन बना लीजिए!" तारा ने इतने प्यार-भरे स्वर में कहा कि अशू ने तारा को अपनी बांहों में भींच लिया।

"मेरी मां बहुत सुन्दर गाती थीं, बहुत सुन्दर!"

"मुझे मालूम है।"

"तुम्हें मालूम है?"

"वे नाचती थीं।"

अशू चुप हो गई। उसने तारा से नहीं पूछा कि उसे कैसे पता था।

"तारा, मां से बिछुड़कर तुम्हारा जी लग जाता है?" अशू ने कुछ देर के बाद पूछा।

"जी को तो अब लगाना ही पड़ेगा, मां से ही बिछुड़कर नहीं, सबसे बिछुड़कर।"

"सबसे बिछुड़कर क्यों?"

"मैंने ऐसे ही कहा। मेरे तो सिर्फ मां है, और कोई है भी नहीं!" तारा के सुते हुए मुंह पर पीड़ा की एक रेखा दौड़ गई।

अशू ने तारा को अभी तक सिर्फ हंसते हुए ही देखा था।

"तुम्हारे पिताजी, तारा?"

"मैं बहुत छोटी थी जब वे गुज़र गए।"

"कोई भाई?"

'भाई मेरे कोई नहीं, और बहन आप हैं।"

"तारा, वैसे तो तुम्हारी माताजी अभी भी अकेली रहती हैं, लेकिन जब तुम्हारा ब्याह हो जाएगा, तब वे बिलकुल अकेली हो जाएंगी।"

"मैं ब्याह नहीं करूंगी।"

"यह कैसे हो सकता है?"

"यह हो सकता है, दीदी, मैं कर सकती हूं।"

"सब लड़कियां ऐसे ही कहा करती हैं।"

"नहीं, दीदी, मैं ऐसे ही नहीं कहती···मुझे ब्याह तो करना था, और अब तक कब का हो भी चुका होता···पर अब लगन की घड़ी निकल चुकी है।"

"तारा!"

"हां, दीदी! लगन सुझा हुआ था, बाजे बज रहे थे, मैंने चूड़ा भी पहना था, फिर फेरे लेनेवाला कुछ सोचने लगा। उसने सोचते-सोचते इतनी देर कर दी कि लगन की घड़ी निकल गई!" तारा के

मुख पर मानो अनेक वर्षों ने अपना हाथ रख दिया, और उसका मुख एकाएक गहन-गम्भीर हो गया।

"तारा!"

"बड़ी छोटी-सी कहानी है, दीदी! फिर बाजे बन्द हो गए और वह फेरे लेनेवाला अपने घर लौट गया।"

"ऐसा कैसे हुआ, तारा?"

"कुछ नहीं, दीदी! मेरी मां ने अपने गांव में ही मेरी मंगनी कर दी थी। उस समय मेरे पिताजी जीवित थे। फिर वे गुज़र गए और हम सबके भाग्य फूट गए। मैंने अपने मंगेतर को देखा था और हौले-हौले मेरे दिल में कई सपने जाग उठे थे। कई बार हमने यह बात उड़ती-उड़ती-सी सुनी थी कि मेरी होनेवाली संसुराल के लोग सोच में पड़े हुए हैं। हमारा कोई काम-काज तो था नहीं, और जमा पैसा भी दिन-दिन उठता जाता था। पर मेरी मां कहती थी कि लोग तो ऐसे ही कहा करते हैं, मुंह से कही बात भी कभी किसीने लौटाई है! अगर लड़के का बाप गरीब हो जाता तो क्या मैं वहां बेटी का ब्याह न करती···लोग तो ऐसे ही अपने मन से जोड़ते हैं···और मां ने उन्हें कहला भेजा कि वे जल्दी ब्याह कर लें। पहले तो वे कहते रहे कि अभी लड़के का काम नहीं लगा···ब्याह अगले बरस करेंगे···पर फिर वे मान गए।···"

"फिर तारा?"

"फिर ब्याह रचा गया, सारी तैयारियां उसी तरह हुई जैसे-कि अक्सर होती हैं। उन लोगों ने मां को कहलवा भेजा कि बरात की रोटी बहुत अच्छी हो, जिससे बराती खुश हो जाएं। मां ने अपनी सामर्थ्य के बाहर जाकर तैयारियां की···बरात आई, और जैसा हम लोगों में रिवाज है, मैंने उसके गले में जयमाला डाली।···"

"फिर, तारा?"

"उन्होंने खाना खाया।···"

"फिर?"

"हम लोगों में फेरे से पहले ही ससुरालिये दहेज ले लेते हैं।···"

"फिर?"

"उस समय उन लोगों ने जो कुछ कहा, वह मैं नहीं कह सकती, दीदी!···"

"तारा!···"

"उन लोगों ने बहुत कुछ कहा। मेरी मां ने हाथ जोड़े—'मेरी लाज रख लो,' पर उनके बोल सहे नहीं जाते थे, दीदी!···"

"लड़के ने भी कुछ कहा?"

"उसने तो कुछ नहीं कहा, दीदी! पर कहते हैं, उसने अपने मां-बाप को कहने से रोका नहीं।"

"और इतने में लगन का समय हो गया होगा?"

"पंडित बहुत जल्दी कर रहा था। वेदी के पास बैठे हुए उसने सन्देशे पर सन्देशा भेजा कि लड़की को जल्दी ले आओ···कमरे में मेरी मां हाथ जोड़े हुए थीं और मैं अन्दर के कमरे में खड़ी रो-रोकर बेहाल हो रही थी।"

"हाय, तारा!"

"अब तो मैं सब कुछ सह चुकी हूं, दीदी! आप ही सुना रही हूं। पिछले बरस तो जब मुझे यह बात याद आ जाती थी, मेरे हाथ कांपने लगते थे।"

"तो लगन का समय निकल गया?"

"हां, दीदी! न वे दहेज उठाते थे, न फेरे होते थे।···"

"उनके किसी सम्बन्धी ने भी उन्हें कुछ न कहा?"

"कइयों ने उन्हें समझाया, दीदी···पर कइयों ने मां से भी यह

कहा कि उन्होंने अगर ब्याह कर भी लिया तो वे लड़की को बसाएंगे नहीं···दिल बहुत खट्टे हो गए थे, दीदी···उस रात मेरी मां को तीन बार गश आया और वे बेहोशी में मेरे पिताजी को पुकारती रहीं।"

"मुझसे सुना नहीं जाता, तारा!"

"हां, दीदी, नहीं सुना जाता, पर मैंने यह सब कुछ देखा।"

"तुम क्या सोचती होगी?···"

"पहले तो मेरा रोना ही नहीं रुकता था। कभी जी करता था कि मैं आप जाकर उससे पूछूं। मेरा हक था उसपर। मैं इतने बरस उसके नाम के साथ जुड़ी रही थी···कभी जी में आता था कि मैं आप जाकर 'ना' कर आऊं। जो मेरे दरवाज़े आकर भी मुझे साथ नहीं ले जा रहा था, वह मेरा कौन लगता था···पर मैंने कुछ न किया···मेरे हाथों कुछ न हो सका।"

"तारा!···"

"मैं दरवाज़े के पीछे खड़ी हुई थी, वह बाहरवाले कमरे में था और मेरा डाला हुआ हार अभी तक उसके गले में था।···"

"उफ्, तारा!"

"पंडित ने आकर कहा कि लगन का समय निकल चुका है और अब अगर वे कहें भी, तब भी ब्याह नहीं हो सकता···सब लोग वापस चले गए···दीदी, जब तक लगन का समय नहीं निकला था, मैं रोती रही थी, पर जैसे ही फैसले की घड़ी बीत गई, मेरे आंसू सूख गए। मैंने अपनी मां को संभाला। मैंने अपने हाथों से बिखरे हुए दहेज को संभाला। मैंने अपने हाथों से लगी हुई वेदी को हटाया···"

"हाय, मेरी तारा!···"

"जितनी देर मुझे लगता रहा कि वह मेरा कुछ लगता है, मैं रोती रही थी। उस घड़ी कितनी ही बार मेरा मरने को जी किया···

पर जैसे ही वे लोग चले गए, मेरे अन्दर सारे सम्बन्ध टूट गए। फिर मैंने मरना नहीं सोचा···मैं किसके लिए मरती···कोई मरता तो उसके लिए है जिसके लिए जीना चाहे और जी न सके···मैं तो उसके लिए नहीं जीना चाहती, फिर मैं उसके लिए क्यों मरूं?"

अशू ने तारा को बहुत प्यार किया, उसे अपनी बांहों में भर-भर लिया, और कितनी ही देर तक उसके बालों में अपनी उंगलियां फेरती रही।

"जो किस्मत ने एक ऐसा दिन भी दिखाया था तारा, तो उसका क्या पता है, उसने कितना सुख तुम्हारे लिए संभालकर रखा होगा!"

"वह सुख मुझे आज मिल गया है। आज मुझे मेरी दीदी मिल गई हैं। आप मेरी दीदी बनेंगी न? मुझे और कुछ नहीं चाहिए।"

अशू बोल न सकी। उसकी आंखों से आंसू ढुलककर तारा के माथे पर गिर पड़े।

"यहां मैं एफ॰ ए॰ में दाखिल हुई हूं। जब यह बात हुई, तब मैं पढ़ाई छोड़ चुकी थी। मां ने पढ़ना छुड़ा दिया था। फिर मैंने मां को मना लिया कि अब मैं पढ़ूंगी।"

"यह तुमने बहुत अच्छा किया, तारा! उस तरह समय नहीं काटा जा सकता था, और वैसे भी तुम्हें अपने पैरों पर खड़ा होना ज़रूरी था।"

"उस गांव में रहना मुझे बहुत अखरता था। हमारा मकान वहां है, इसलिए मां को तो वहां रहना ही है···उन लोगों के घर भी वहीं हैं···।"

"उसका नाम क्या है, तारा?"

"दीदी, अब नाम पूछकर क्या करेंगी···मैंने तो सोचा था कि उसका नाम भी भुला दूंगी···पर दीदी, एक बात बताऊं?"

"हां, तारा!"

"उसने मंगनी की जो अंगूठी मुझे दी थी उसपर उसका नाम लिखा हुआ था। वह अंगूठी मैं फेंक न सकी, दीदी!"

"हाय तारा, औरत जब किसीसे प्यार करती है तो कैसे प्यार करती है!···निरे पूरब के कालिदास की शकुन्तला ही नहीं, बल्कि पश्चिम के हार्डी की टैस भी···जब पानी के बरतन में अपने दोनों हाथ डालकर अपने प्यारे के हाथों से खेलती है, और वह अपनी उंगलियां उसकी उंगलियों में डालकर पूछता है, 'बताओ तो तुम्हारी कितनी उंगलियां हैं, और मेरी कितनी?' तो वह कहती है, 'सभी तुम्हारी हैं!'"

"पर मुझे उससे प्यार नहीं है, दीदी!"

"तुमने जो सपने उसके साथ जोड़े थे, तुम उसको भुला नहीं सकतीं, तारा?"

"मैं भुला चुकी हूं, दीदी!"

"पर उसकी निशानी?"

"ऐसे ही जीवन की इस घटना को याद करने के लिए रखी हुई है।" अब तक बातें करते कई बार तारा का गला तो भर आया था पर वह रोई नहीं थी, बातें करती रही थी, पर अब तारा की आंखों में आंसू छलछला आए।

तारा ने अपनी आंखों में एक सवाल भरके अशू के मुख की ओर देखा, पर वह पूछना चाहती हुई भी कुछ न पूछ सकी।

'तृप्ति का सार वही जानता है जिसने कभी प्यास अनुभव की हो।' अशू ने मन ही मन कहा। उसके हृदय में एक टीस-सी उठी।

अशू आज तक अडोल रही थी। न कोई इच्छा उसके सामने थी, न उसकी अपूर्ति का उसको ज्ञान था। यदि कोई चाहना उसके हृदय में आई थी तो वह केवल कल्पना में आई थी, और यदि उसकी

पूर्ति हुई थी तो वह भी कल्पना में ही हुई थी। अशू एकान्त में रहती थी, बिलकुल शान्त। राग और अभ्यास यही उसका जीवन था···

आज अशू के मन में उसके अपने ही एक विचार ने विफलता भर दी, 'तृप्ति का सार वही जानता है जिसने कभी प्यास अनुभव की हो!' परछाइयां लम्बी हो गई थीं। आखिर तारा चली गई। अशू ने रोज़ की तरह शाम को अभ्यास किया। नीता के साथ रात का खाना खाया। फिर नीता को स्कूल का काम करवाया। पर जब नीता सो गई, अशू नहीं सो सकी।

'तृप्ति'···'प्यास'···आखिर उस 'शान्ति' का क्या अर्थ है जिसने कभी 'भटकन' नहीं देखी···उस 'कल्पना' का क्या अर्थ है जिसने कभी 'ज़िन्दगी' नहीं देखी···उस 'प्राप्ति' का क्या अर्थ है जिसने कभी 'साधना' नहीं देखी···और अशू की पलकें अनिद्रा से भर गईं।

दो

धूप की तेज़ी कम हो गई थी और सावन की उमस भी घट गई थी।

पर अशू के जी में एक घुटन-सी थी। पूरे चार दिन हो गए थे, वह सिर के दर्द के कारण बिस्तर से उठ नहीं सकी थी।

कुछ ही देर पहले अशू ने तौलिया पानी में भिगोकर अपने शरीर को धीरे-धीरे पोंछा था, दर्द से दुखते माथे को धोया था; और जब उसने शीशे में अपना मुंह देखा था, जैसे पीड़ा और थकान की पतली लकीरें उसके मुंह पर पड़ गई हों। अशू ने अपनी सारी चिन्ताएं अपने मन पर से झटकारने की चेष्टा की थी, पर चिन्ता की लकीरें उसके मुख पर से नहीं हटी थीं। उसके कोमल अंगों पर एक थकान-सी चढ़ी हुई थी जिसकी जकड़ में से निकलने के लिए उसने फिर अपने-आपको झकझोरा था और शीशे के सामने से हटकर वह

अपने कमरे में चली गई थी जो मकान के दूसरे कमरों से अलग था। इस कमरे में एक बड़ी दरी पर लाल रंग का ईरानी कालीन बिछा हुआ था, जिसपर एक पतले सफेद कपड़े से ढका हुआ एक तानपूरा पड़ा था। दायें हाथ से कपड़े को हटाते हुए अपने बायें हाथ से अशू ने तानपूरे की खूटियां कसी थीं, और फिर दायें हाथ की उंगलियों से तारों को टुनकारते हुए उसने तानपूरे का पहला तार पंचम में मिलाया था, ज़बरदस्ती—मानो उसके हाथ उसके कहे में न हों। उसने तानपूरे के दूसरे तार को 'सा' में मिलाया था और फिर उसी तरह सफेद पतले कपड़े को तानपूरे पर डालकर वह पहले कमरे में जाकर अपने बिस्तर पर लेट गई थी।

"अशू बोबी!"

"···मां!"

"राजेन्द्र बाबू आए हैं।"

"अच्छा!" अशू ने अपनी चादर को हटाया और उठने लगी। फिर जैसे उसके शरीर ने उसका कहा न माना। वह उसी तरह लेट गई और उसने उसी तरह अपनी चादर कंधों तक ओढ़ ली और कहा, "यहीं भेज दो, मां।"

"अच्छा···उनके साथ कोई और भी है।" मुड़कर अशू की दासी ने कहा।

"उनके साथ कोई और भी है?···" अशू आगे कुछ कहने को थी कि आनेवाले कमरे की दहलीज़ तक आ पहुंचे।

सन्ध्या ढल चुकी थी। अंधेरा धीरे-धीरे कमरे में फैल रहा था। अशू ने आनेवालों को गौर से देखा, उसके माथे पर आश्चर्य की रेखा अंकित हो गई।

"आप?" अशू के मुंह से निकल गया।

"मैं!···"

"राजन!" अशू के मुंह से फिर निकला, पर बहुत धीमे से।

"आज मैं राजन को कहीं से पकड़कर ले आया हूं।" राजेन्द्र बाबू ने कहा।

"कहीं से नहीं, अशूजी, मेरे घर से! और यह मुझे पकड़कर नहीं लाया है, मैं आप आया हूं।" कहकर राजन मुस्करा दिया। अशू को याद आया, राजन के मुख पर ऐसी ही मुस्कराहट थी, बड़ी भरवां, गहरी और अडोल, जब उसने पिछले बरस उसे एक संगीत-सभा में देखा था। आज उसने दूसरी बार राजन को देखा। शायद राजन ऐसे ही मुस्कराता था, बड़ा भरवां, गहरा और अडोल-सा।

"धन्यवाद!" अब अशू की आवाज़ कुछ भरकर निकली।

पहले आश्चर्य पर वह विजय पा चुकी थी।

"पर आने के लिए कहा तो मैंने था!" राजेन्द्र ने एक दावे के साथ कहा।

"धन्यवाद!" अब अशू हंस दी। उसकी स्वाभाविकता उसके पास लौट आई थी। बायें हाथ की कोहनी पर हाथ रखकर वह बिस्तर से उठने लगी।

"नहीं, अशूजी! अगर आप ऐसे करेंगी तो हम अभी वापस चले जाएंगे। आप ऐसे ही लेटी रहिए। मुझे राजेन्द्र ने बताया था कि तीन-चार दिन से आपकी तबीयत ठीक नहीं है।" राजन ने कहा और कमरे में इस तरह निश्चल खड़ा रहा, मानो उसे पक्का पता हो कि अशू उसका कहा अवश्य मान लेगी।

अशू फिर वैसे ही लेट गई। चादर उसने फिर कंधों तक पहले की तरह ओढ़ ली। राजन और राजेन्द्र पास पड़ी हुई कुर्सियों पर बैठ गए।

"मेरा खयाल था आप राजन को पहचान नहीं सकेंगी।" राजेन्द्र ने अशू से कहा।

वह बोली, "नहीं!" पर उसने राजन के मुख की ओर गौर से देखा।

"हां—याद ही होगा। पिछले बरस आपने इसे देखा था और फिर आपने इसे कई बार याद भी तो किया था।" राजेन्द्र हंसने लगा।

अशू के मुख पर एक संकोच-सा आ गया, पर उसने पहले आश्चर्य की तरह इस संकोच को भी संभाल लिया, और स्वाभाविक बनते हुए कहने लगी, "इन्होंने उस दिन बड़ी ही अच्छी कविता सुनाई थी।"

"अगर कहीं राजन अपनी वह कविता आपके मुंह से सुन सकता!···" राजेन्द्र हंस दिया।

"अब भी सुनूंगा, जब आप अच्छी हो जाएंगी।"

"और फिर?···"

"फिर लिखने की हिमाकत तो जरूर करूंगा, लेकिन गाने की कभी नहीं करूंगा।" राजन के मुख पर उसकी वही भरवां, गहरी और अडोल-सी मुस्कराहट आ गई।

"आपने तो बहुत-से गीत लिखे होंगे।···"

"शायद गीत लिखने के सिवा और कुछ किया भी नहीं, और अगर आप गाएं, तो मैं और भी बहुत-से गीत लिखूंगा।"

"अगर मैं गाऊं तो···गोया वैसे आप नहीं लिखेंगे।" अशू का स्वर पहले से अधिक आश्वस्त हो गया था और उसके मुख पर गम्भीरता आ गई थी। राजन की मुस्कराहट उतनी गहरी और अडोल नहीं रही।

"मेरा मतलब था···" राजन कहने लगा।

"तुम्हारा मतलब था···या मतलब है···या मतलब होगा···पर इनके पास तुम्हारे सारे गीत हैं।" राजेन्द्र ने उसकी बात बीच में ही

काट दी।

"और जो मैंने अभी तक न कहीं छपवाए हैं और न कहीं सुनाए हैं?···" राजन के स्वर में उसकी पहली-सी स्थिरता फिर आ गई।

"हां, हां, वे भी जो तुमने अभी लिखे ही नहीं!" राजेन्द्र हंसने लगा।

"मैं समझती थी कि केवल कवि ही अगम और अगोचर की बातें करते हैं। मुझे नहीं मालूम था···"

"मैंने तो पहले भी एक बार आपको बताया था कि हम अखबारवाले और प्रेसवाले कवि नहीं होते, कहानीकार नहीं होते, हम उनसे भी बड़े कलाकार होते हैं। हम कवियों, कहानीकारों और उपन्यासकारों को जन्म देते हैं!" राजेन्द्र मुस्करा दिया।

"जै धरती माता! जै कलाकारों के ब्रह्मा!" और राजन हंसता गया और कहता गया, "और फिर एक दिन ऐसा आएगा जब आप जैसे ब्रह्मा के हाथों ऐसे खिलौने बनेंगे जिनका न सिर होगा न पैर!···"

"और जो मैं तुम्हारी तस्वीरें न छापता?···"

"तो आज मुझे अशूजी पहचानती भी नहीं। शायद आपके अखबार में छपी मेरी तस्वीर देखी होगी। क्यों अशूजी! आपसे भी ये ऐसी ही···"

"मैं तो इनकी बहुत आभारी हूं। जब भी मैं किसी सभा या सोसायटी में गाने गई हूं, इन्होंने अपने अखबार में कुछ झूठ-सच लिख ही दिया है।"

"नहीं, नहीं—ऐसी बात तो नहीं! आप तो मेरे झूठ-सच से कहीं अच्छा गाती हैं।" राजेन्द्र के मुख की मुद्रा बदल गई, मानो अब वह कलाकारों को रचनेवाला ब्रह्मा न रहा हो, बल्कि कलाकारों का पारखी बन गया हो।

"जिस तरह हर पत्र का संचालक सबसे बड़ा पारखी होता है! उंगली पर ठनकाकर जिसे चाहे खरा कह दे, जिसे चाहे खोटा!···" राजन हंस पड़ा।

"अच्छा भई, यही बात सही! आज अशूजी का नाम सारे शहर की ज़बान पर चढ़ गया है, और कल सारे देश की ज़बान पर होगा, यह भविष्यवाणी है।"

"महाराज! ज़रा मेरे हाथ की भी रेखा देखिए।" और राजन ने दोनों हाथ राजेन्द्र के आगे पसार दिए।

रात के पिछले पहर में जैसे प्रभात का मुंह ढल गया हो, कमरे में हल्का-सा चांदना हो गया। मां ने आकर कमरे की बत्ती जला दी। बत्ती का रंग मकई के दूधिया दाने की भांति कोमल था।

"ज्योतिषीजी! देखिए, मेरे हाथ की रेखाओं को स्पष्ट दिखलाने के लिए स्वयं रोशनी कमरे के भीतर आ गई है।" राजन हंस दिया। राजेन्द्र और अशू भी हंसने लगे।

"इस तरह नहीं, जिजमानजी! पहले हाथ में कुछ भेंट रख देनी होती है···" राजेन्द्र कह रहा था। तभी मां ने कमरे में आकर छोटी मेज़ पर चाय की ट्रे रख दी।

"लीजिए राजज्योतिषीजी, भेंट भी हाज़िर है!" राजन ने मेज़ को राजेन्द्र के और आगे कर दिया।

"परायी ईंटों से महल नहीं बनते, राजन!" राजेन्द्र मुस्करा दिया।

"भट्ठेवालों का भाड़ा चुका दिया जाए, तब तो ईंटें अपनी हो जाती हैं, राजेन्द्र बाबू!" अशू हंस उठी।

"तो क्या इन्होंने भाड़ा भी चुका दिया है? मैंने तो देखा है नहीं।" राजेन्द्र ने कहा।

"किसीका चलकर आना ही तो भाड़ा चुकाना होता है।" अशू ने संयत स्वर से कहा।

"मैं भी तो चलकर आया हूं।" राजेन्द्र मुस्करा दिया।

"पर ये तो पहली बार आई हैं।" अशू बोली।

"पर जब मैं दूसरी बार, तीसरी बार, चौथी बार आऊंगा, मेरे आने का मोल घटता जाएगा?" राजन की आंखों में एक प्रश्न भर गया।

"मोल? मोल तो उतने कभी नहीं रहते, या घट जाते हैं या बढ़ जाते हैं।" अशू ने कुछ सकुचाते हुए कहा। पर उसके स्वर में कंपन नहीं था।

"क्या कोई भी सिक्का स्थायी नहीं होता, अशूजी?" राजन ने पूछा।

"सिक्के तो कभी भी स्थायी नहीं होते। सदा वस्तु ही स्थायी होती है।" अशू के स्वर में अधिक संकोच था।

"इस तरह तो वस्तु भी स्थायी नहीं होती।"

"जब तक उसकी आश्यकता है, तब तक वस्तु स्थायी होती है।" अशू के मन में अब संकोच था या नहीं, यह तो नहीं मालूम, पर उसका स्वर पहले की अपेक्षा अधिक स्पष्ट था।

"मुझे तो इस समय चाय की आवश्यकता है, इसलिए चाय स्थायी है। क्यों न मैं चाय ही पी लूं!" राजेन्द्र के साथ अशू और राजन भी हंसने लगे।

"मैं चाय बनाने के लिए उठ सकती हूं न!" अशू ने राजन की ओर देखा।

"हां, लेकिन अपने बिस्तर पर बैठकर।" और राजन ने चाय की छोटी मेज़ अशू के बिस्तर के पास सरका दी।

"अगर आज आपकी तबीयत ठीक होती..." राजेन्द्र कहने लगा।

"तो?"

"तो आप राजन को कोई गीत गाकर सुनातीं।"

"पर मैं स्थायी बीमार तो नहीं हूं। एक-दो दिन में बिलकुल ठीक हो जाऊंगी।"

"आपको बीमार नहीं होना चाहिए!" सहज स्वभाव से राजन के मुख से निकल गया।

"होना चाहिए?···होना तो शायद क्या कुछ नहीं चाहिए।" अशू ने धीरे से कहा।

ठहरे हुए पानी की तरह बातचीत भी ठहर गई।

"क्या कहने लगे थे, राजन?"

"शायद कहना नहीं चाहिए।"

"आपको कहना नहीं चाहिए, मुझे बीमार नहीं होना चाहिए! आप इस 'चाहिए' और 'नहीं चाहिए' में क्यों उलझ गए हैं?"

"असल में आपसे बात करने से पहले सोचना पड़ता है।"

"इसका मतलब यह कि मुझसे की गई बात साफ और स्वाभाविक नहीं हो सकती। उसपर 'ठीक' या 'ठीक नहीं' की मुहर लगी हुई होगी। विचार का बोझ पड़ा हुआ होगा।"

"यह नहीं, अशू, पर वस्तु के अनुसार ही मूल्य देना पड़ता है।"

"फिर तो कल आपको यह सौदा महंगा मालूम होने लगेगा!" कहकर अशू मुस्करा दी।

"सीपियों से खेल लेना बड़ा आसान और बड़ा सस्ता है। पर सुन्दरता में भेद होते हैं। किसी सुन्दर वस्तु को देखकर खेल लेने को जी करता है, और किसीके पास बैठकर बात करने को···माफ करना, अशू! अगर मैं यह कह दूं कि आप सुन्दरता का दूसरा भेद हैं!···" राजन कह गया। उसे लगा, वह बहुत कुछ कह गया है।

"तो फिर बात कहते-कहते आप चुप क्यों हो गए थे?"

"एक प्रश्न मेरे भीतर उठा था, पर वह इतना निजी है, मैंने

सोचा, मुझे नहीं कहना चाहिए।"

"मेरा निजी कुछ भी रहस्य-भरा नहीं है।"

"राजेन्द्र ने मुझे और कुछ भी नहीं बताया, सिर्फ यही कि आप गाती हैं, इतना तो मैं अखबारों-पत्रों से भी जानता था।"

"अगर और जानना चाहें तो मैं बता दूंगी।"

"···राजेन्द्र ने मुझे बताया था कि वह कोशिश कर रहा है कि आप किसी फिल्म के परदे के पीछे अपने गीत गाएं।"

"इनकी बड़ी कृपा है। पर एक तो अभी मुझे और अभ्यास की आवश्यकता है, दूसरे अभी मैं इस शहर में कुछ बरस और रहना चाहती हूं।"

"आप···"

"मेरी कहानी तो बिलकुल सीधी है, राजन बाबू! एक मैं हूँ, और मेरी बहन है नीता, आठ बरस की। पहले हमें हमारे पिताजी ने पाला। फिर नीता, साढ़े तीन बरस की थी, जब हमारी माताजी का देहान्त हुआ···और अब मेरी बारी आ गई है अपने-आपको और नीता को पालने की···यह घर, जब मैं छोटी-सी थी, मेरे पिताजी ने मेरे नाम से खरीदा था। मेरे चाचाजी ने कहा कि यह मकान मैं उनके नाम लिख दूं तो वे हमारे गुज़ारे का भार अपने ऊपर ले सकते हैं।

"पर मैंने यह नहीं किया। मैं जानती थी कि यह भार उन्हें सदा भार ही महसूस होता रहेगा, और मैं यह भी सोचती थी कि जब तक नीता छोटी है, उसकी तरफ से सौदा करने का मुझे कोई अधिकार नहीं है···आखिर उसका भी तो घर पर उतना ही हक है।··· तो···बस मैं गाती हूं। मेरा, नीता का और मां का गुज़ारा हो जाता हैं।"

"आप अपनी दासी को मां कहती हैं।" राजेन्द्र ने राजन को

बताया।

"उसको तो मेरी मां भी मां कहती थीं!" अशू मुस्करा दी। "वह पहले भी मुझे 'अशू बीबी' कहती थी, अब भी 'अशू बीबी' कहती है। पहले कभी 'छोटी बीबी' भी कह देती थी, पर अब क्योंकि मुझसे बड़ी बीबी घर में कोई नहीं है, वह मुझे निरा 'बीबी' कहती हैं।"

"चाचाजी के इस 'सौदे' पर मुझे बड़ी शर्म आ रही है।" राजन ने कहा।

"सौदे तो फिर सौदे ही हैं···हमारी दुनिया में तो होते ही सिर्फ सौदे हैं! हमारे सम्बन्ध, हमारी मित्रता, हमारी रोटी···मैं भी सौदा करती हूं, संगीत बेचती हूं, रोटी खाती हूं। एक मां भी शायद अपने पुत्र को पालने में एक सौदा करती है कि जब उसकी जवानी बीत जाएगी, उसका पुत्र जवान हो जाएगा, फिर वह मां को पालेगा··· कभी किसीको यह सौदा महंगा पड़ता है, कभी सस्ता···" अशू ने कहा।

"आप···" राजन कुछ कहते-कहते रुक गया।

"मेरा और कोई सौदा करने को जी नहीं करता!" अशू हंस दी, "अभी संगीतवाला सौदा ही काफी है!"

"मुझे पूरी तरह मालूम नहीं, आप कैसा गाती हैं। पर राजेन्द्र ने ठीक ही कहा होगा। आप फिल्मों में परदे के पीछे···"

"हां, वह सौदा, इन छोटे-छोटे सौदों से बहुत अच्छा है। इन संगीत-सभाओं से मैं थक चुकी हैं।"

"फिल्म के परदे पर क्यों नहीं?"

"पर उसमें मेरी रुचि नहीं है, राजन बाबू! मैं सुरों में ही खो जाना चाहती हूं। इनमें बड़ी विशालता है, बड़ी गंभीरता, इनकी थाह नहीं मिलती। और काम मैं क्या करूंगी!" अशू के मुख पर एक

आभा दौड़ गई, मानो लय और सुर के शब्दों ने उसके दुबले-पतले और गोरे अंगों पर एक रंग-सा छिड़क दिया हो।

"इनका विचार है कि जब नीता बोर्डिंग में रहने योग्य हो जाए, तब ये इस शहर को छोड़कर कहीं और काम करेंगी।" राजेन्द्र ने कहा।

"सच, अशू!" राजन ने कहा, "आपके गले में स्वर भी है, आपके गले में लय भी है।"

"कोई जवाब नहीं है, अशू का···पर ऐसा होना शायद स्वाभाविक ही है। गायन इनका खानदानी पे···ए···" राजेन्द्र ने कहा और राजन के मुख की ओर देखा।

राजन के मन में एकाएक अनेक विचार उभर आए। उसने अपनी आंखों में आते हुए आश्चर्य को लौटा दिया। उसके मन पर केवल एक विचार रह गया था। अशू को रचने में कौन जाने ब्रह्मा के हाथ भी थक गए होंगे। किस तरह वह तराशता रहा होगा, किस तरह उसने लकीरें बनाई और मिटाई होंगी···उसके परिश्रम को कितना संभालकर रखना चाहिए। अपने विचार के बोझ से राजन की पलकें नीची हो गईं।

"इन्हें आराम करने दो, राजेन्द्र! हमें अब चलना चाहिए।" राजन ने कहा और कुर्सी से उठ खड़ा हुआ।

"इतना एहसान किसी पर नहीं चढ़ाना चाहिए।" अशू ने कहा।

"एहसान?"

"वैसे आप ज़ाना चाहें तो और बात है, पर मुझपर मेरे आराम करने का भार क्यों डालते हैं!"

"आपकी सेहत को आपसे कहीं अधिक किसी और को आवश्यकता है।" राजन ने कहा।

अशू ने कुछ नहीं कहा, केवल एक बार राजन की ओर देखा।

"नीता को!" राजन की पलकें नीची हो गईं। अशू ने सोचा, अब राजन के मुख पर वह भरवां गहरी और अडोल-सी मुस्कान आएगी, जो न जाने कितने बरसों से राजन के ओठों के साथ रची हुई थी; पर वह नहीं आई। राजन की पलकें झुकी रहीं। केवल उसके हाथ हिले और उसने अशू को प्रणाम किया।

"अच्छा, अशूजी!" राजेन्द्र की आवाज़ आई, और वे दोनों चले गए।

अशू के हाथों में गति आ गई और वह चादर को हटाकर बिस्तर पर उठकर बैठ गई। वह नहीं समझ सकी कि वह क्यों उठी है, वह क्या करेगी······फिर आहिस्ता से उसके पांव उस कमरे की ओर चले गए, उसके अपने कमरे की ओर, जिसमें बड़ी दरी के ऊपर लाल रंग का ईरानी कालीन बिछा हुआ था, जिसपर बारीक सफेद कपड़े से ढका हुआ उसका तानपूरा पड़ा था। उसने कमरे की बत्ती जलाई।

दायें हाथ के पोरवों से उसने पहले तार को छेड़ा जो पंचम में मिला हुआ था, फिर उसने जोड़ के दोनों तार 'सा' में मिलाए और चौथे खरज के तार को निचले सप्तक 'सा' में मिला लिया।

जैसे बादल के एक टुकड़े में से छोटी-छोटी बूंदें गिरती हैं, अशू के गले से भूपाली के सुर फूट निकले···बूंदें गिरती रहीं···

वह और कुछ नहीं गा रही थी, केवल भूपाली के स्वर। उसकी आंखें झूम उठीं। हाथ के तीन पोर, तानपूरे के चार तार, और भूपाली के पांच स्वर···उसकी आत्मा को लपेटते गए।

बूंदें पड़ती रहीं। मेंह बरसता रहा। अशू की आत्मा भीजती रही।

तीन

अशू सोच रही थी, सात स्वर कितने विशाल हैं। राग और अनुराग, जोश और घृणा, करुणा और वैराग—इन सब भावों का चित्रण करते हैं। संसार-भर की दशा ये अपने-आपमें समेट लेते हैं। इन स्वरों का मेघ बादलों को बांध सकता है। इन स्वरों का दीपक असंख्य ज्योति जगा सकता है। पर ये कितने नियमबद्ध हैं! नियम ही इनका प्राण है। नियम ही इनका आकार है। पहले ये अपने-आपको समय में बांध देते हैं, फिर ये समय को बांध सकते हैं, और केवल बांध ही नहीं सकते, ये समय को पलट सकते हैं···सात स्वर··· पर इनका जीवन कितना कठोर है! कोई भी योग इनसे अधिक कठोर नहीं, कोई साधना इनसे बड़ी नहीं, कोई भी तपस्या इनसे कठिन नहीं।

अशू सोचने लगी। आज उसके मन के सात स्वर अपने नियम का उल्लंघन कर रहे थे। समय उसपर भारी बोझ बना हुआ था और उसका मन उस बोझ को वहन करने में आज समर्थ नहीं था।

'···कल राजेन्द्र कह रहा था—मैं मानता हूं, अशू का कोई जवाब नहीं। इनके गले में सुर है, इनके गले में लय है। पर ऐसा होना स्वाभाविक ही है क्योंकि गायकी इनका खानदानी पेशा है!—और राजेन्द्र मुस्करा दिया था। राजन का हैरान होना उसे अच्छा लगा था, और शायद उसको और भी अच्छा लगता, अगर मेरे मुंह पर घबराहट होती···पर वह नहीं थी, उस समय बिलकुल नहीं थी, शायद अब भले कुछ दीखती हो। पर यह घबराहट नहीं है···फिर भी घबराहट जैसी ही कोई चीज़ है। मेरा मन···'

अशू ने अपने विचारों को समेट लिया।

'मां···मां···तुम्हारे साहस की मैं सराहना करती हूं!' अशू ने अपना माथा मेज़ के किनारे के साथ टिका दिया। अशू के संगीत के

कमरे में केवल एक ही छोटी-सी मेज़ थी, कश्मीरी कारीगरों के हाथों की बनाई हुई, जिसके चारों पायों पर तराशकर चिनार के लम्बे पेड़ बने हुए थे और इन चारों पायों को चिनार के चौड़े पत्तों से जोड़कर कारीगरों ने उसे एक मेज़ की शक्ल दी थी। अशू ने उसपर अपनी मां का चित्र रखा था।

'कितना शान्त, कितना सुन्दर और कितना गम्भीर मुख था मेरी मां का!' अशू के मन में आया। 'मेघों की भांति गहरे काले बाल थे मेरी मां के, मानो सावन की घटा चढ़ आई हो!' लम्बे और खुले हुए बालों की एक घटा मां की पीठ पर चढ़ी हुई थी। और मां के गले में पड़ी हुई चुनरी के सितारे मानो आज भी उसी तरह चमक रहे हों। उसकी उंगलियां तानपूरे के तारों पर टिकी हुई थीं, बीच की उंगली ज़रा-सी उठी हुई थी, मानो अभी वह जोड़ के दूसरे तार पर चली जाएगी, और फिर उन तारों में से एक संगीत जाग उठेगा।'···मां की आंखें, मानो कांगड़ा शैली के किसी चित्रकार ने बैठकर बनाई हों!'

'खानदानी पेशा···!' फिर राजेन्द्र की बात मानो कनखजूरे के पैरों की भांति उसके शरीर पर चढ़ गई हों। अशू ने अपने-आपको झकझोरा, पर उसे लगा जैसे फिर उसके मन के स्वर बिखर गए हों।

क्या? और क्यों? दो प्रश्न अशू के मन को विकल करने लगे। 'मुझे रोटी चाहिए, नीता को रोटी चाहिए, और मैं किसी सभा में गाकर अपनी रोटी कमा लेती हूं, तब···पर यह कितना कठिन है! क्यों कठिन है? संगीत सुननेवाले केवल संगीत ही क्यों नहीं सुनते हैं।···' और कई भावों ने एकसाथ अशू के मन में खलबली मचा दी।

'और मां! तुमने इन सुननेवालों की सब बातों पर इनकार

कर दिया, तुम कितनी बहादुर थीं, मां, मां! मैं···मैं भी बहादुर बनूंगी, मां!' और अशू ने ममता से चित्र को इस तरह अपनी बांहों में ले लिया मानो उसे अपनी मां का आलिंगन मिल गया हो।

फिर जैसे उसका जी न भरा हो, उसने मेज़ पर बने चिनार के पत्तों को कुछ इस तरह हिलाया कि उनके भीतर बना हुआ एक खाना दीखने लगा। अशू ने हाथ डालकर उसमें रखी हुई एक पुस्तक जैसी कोई चीज़ निकाली, और फिर, मानो अत्यन्त ममत्व की भावना से भरकर, उसे अपने दायें गाल से लगा लिया।

फिर उसने उसके पन्ने उलटे:

" मेरी अशू! मेरी नीता !

" मेरी आत्मा से बनी हुई दो आत्माएं! तुम बहुत छोटी हो, और मेरी बातें बहुत बड़ी हैं। मैं किस तरह तुमसे ये बातें करूं? मैं कब तुमसे ये बातें करूं?

"तुम मेरी छोटी-सी दुनिया हो, बहुत छोटी-सी! बस तुम और तुम्हारे पिताजी! असली दुनिया शायद इतनी ही होती है। शायद इससे बड़ी भी होती हो, पर मेरे हिस्से में यही दुनिया आई थी। मेरे मन में ज़रा भी गिला नहीं, मैंने स्वयं यह दुनिया चुनी है, मैंने स्वयं यह दुनिया बनाई है, बड़ी छोटी-सी दुनिया!

"यह दुनिया न जाने कब से मेरे सपनों में बसी हुई थी। उसके बनाने के लिए मैंने अपना सर्वस्व लगा दिया, अपनी सारी आयु, सारी कीर्ति पर ये तो बहुत छोटी चीज़ें हैं। न जाने कौन-से कर्मों के फल से मुझे मेरी दुनिया मिल गई है। मेरे मन में पूर्ण शान्ति है, पूर्ण संतोष, पूर्ण सुख।···सुख और शान्ति मन की अवस्था है और मैं इस अवस्था में जी रही हूं। पर इस अवस्था को प्राप्त करना बड़ा कठिन है, घोर तपस्या की भांति कठिन, दंड-योग की भांति कठोर।

"मुझे योग की इस साधना में से गुज़रना पड़ा है। मुझे इसकी

किसी भी कठोरता का गिला नहीं, बल्कि मैं सोचती हूं, मैं सारे ही मूल्य इस अवस्था पर न्योछावर कर सकती हूं, और जो कुछ न्योछावर किया है, वह कुछ भी नहीं है···

"पर जब मैं तुम्हारे नन्हे-नन्हे मुखों को देखती हूं, सोचती हूं, शायद तुम्हें भी, फूल की पत्तियों को भी, हवा के सर्द और गर्म झोंके सहने पड़ जाएं। वैसे मैं चाहती हूं कि दुनिया की बहारें तुम्हारे कदमों में बिछी रहें। शायद हर मां यह चाहती है, फिर मुझ जैसी मां, जिसे दुनिया यह हक नहीं देना चाहती थी, और जिसने धुल-धुलके दुनिया के हाथों से अपना यह हक छीना है!

" मैं एक मां हूं, मैं एक पत्नी हूं, यह सोचकर मैं झूम-झूम उठती हूं, वृक्ष से लिपटी हुई बेल की भांति झूम उठती हूं। जिसे मैं प्रेम करती हूं उसकी मैं पत्नी हूं, जिसे मैं प्रेम करती हूं उसके बच्चों की मां हूं। शायद कोई भी स्त्री इससे अधिक कुछ नहीं चाहती, कम से कम मैं नहीं चाहती।

"पर यह सब मेरे भाग्य में नहीं था। मैंने अपनी मेहनत से अपनी मंज़िल बनाई है। या इसे यों कह लो कि यह सब मेरे भाग्य में तो था, पर यह दुनिया मुझे अपने भाग्य का बदा लेने नहीं देती थी, और अन्त में मेरे भाग्य का बदा मुझे मिल गया।

"यों तो कानून भी दुनिया ने बनाया है, पर कानून का दिल दुनिया से बड़ा है। अभी तक दुनिया मुझे अपने पति की पत्नी और अपने बच्चों की मां नहीं मान सकी, पर कानून मुझे पत्नी भी मानता है और मां भी। मैं कानून की आभारी हूं।

"नीता! तू तो अभी बिलकुल छोटी है। पर अशू! तू थोड़े-से बरसों में यह पत्र पढ़ने योग्य हो जाएगी। न जाने तुझे यह सब कुछ कैसा लगेगा! पर तेरी नाड़ियों में मेरा अपना लहू और मेरे अपने प्यार का लहू है, जिस प्यार के लिए मैंने अपनी दुनिया ही बदल दी

है; और मुझे विश्वास होता है कि यह सब कुछ तुझको स्वीकार होगा।

"पहले मेरी दुनिया और थी। मेरे बाप-दादा एक गांव माणक-आले के शाह थे और इसलिए मेरा विवाह भी पास के गांव के शाहों के एक घर में हुआ था। जब मैं नौ-दस बरस की हुई तो मुझे ऐसा याद है कि मेरी सहेलियां कहा करती थीं, जब तू बारहवें बरस में पैर रखेगी तब तेरा गौना होगा। पर मैंने अभी बारहवें बरस में पैर नहीं रखा था और न ही अभी मेरे गौने का समय आया था कि एक दिन हमारे घर के सारे जने रोने लगे। लोग कहते थे कि मैं विधवा हो गई थी···विवाह का समय मेरे होश संभालने से पहले निकल गया था, और गौना मैंने कभी देखा नहीं। पर विधवापन मैंने अच्छी तरह देखा है···जी भरकर देखा है।

"इसके बाद मेरी कहानी एक साधारण कहानी होते हुए भी साधारण नहीं बन सकी। कुदरत के नियमों के अनुसार एक लड़की के बचपन में जब जवानी का पहला कदम पड़ता है, 'प्रेम' उसके भीतर से, ईश्वर की थाती रखे हुए बीज की भांति, एक लता बन-कर फूट पड़ता है। हर मुल्क की, हर नस्ल की और हर जाति की लड़की को अवश्य ही ऐसे ही होता है। लड़की आखिर लड़की है, चाहे वह राजमहलों के रेशमी परदों में पले, चाहे मिट्टी से लिपी हुई छत के नीचे!

"कितना कुदरती हक है एक लड़की का—हर मुल्क की, हर नस्ल की, और हर जाति की लड़की का। पर अगर हमारे देश की एक विधवा बालिका का यह हक लेने को जी कर आए···समाज हंस देता है!

"एक चिनगारी बनकर मेरे हृदय में कुछ पड़ गया था, मेरे जीवन में एक सुलगन उत्पन्न हो गई थी, मेरे दिल और दिमाग पर

यह छा गया था कि इस चिनगारी से किसी दिन कोई जोत जग उठेगी, जिसके प्रकाश में मैं वह मुखड़ा देखूंगी जिसे देखने के लिए मेरी ज़िन्दगी की आंखें तरस गई थीं, वह मुखड़ा जिसे देखकर सब भटकन समाप्त हो जाती हैं, 'खोज' के पैर थम जाते हैं, और राही अप मंज़िल पा लेता है।

"मैं कभी किसीसे कुछ कहती नहीं थी, फिर भी मेरी मां मेरी इस जगी हुई चेतना से खुश नहीं थी। कभी-कभी वह मुझे बड़ी सहमी हुई आंखों से देखती थी और फिर मेरे मन में, मेरे चारों ओर, कई आंखें आ जाती थीं जिनसे मुझे डर लगता था।

"एक दिन मेरे जीवन में ऐसा आया जब मुझे लगा कि आज मेरे साथ कुछ 'अलौकिक'-सा हो गया है। मेरे मन की चिनगारी में से मानो एक दीपक जग उठा, मेरी आंखों में एक लौ-सी जग उठी। उस दिन हमारे पड़ोसियों के यहां शहर में पढ़नेवाले उनके लड़के का एक मित्र छुट्टियों में रहने के लिए आया था। जब वह सन्ध्या समय वायलिन बजाता, उड़ते हुए पक्षियों पर भी मानो जादू-सा हो जाता⋯मुझे ऐसा लगता था मानो मेरे गले में सांस रुक जाएगी।

"वह मेरी ज़िन्दगी का 'अलौकिक' था पर उसे मैं बादलों में चमकनेवाली बिजली की एक लकीर नहीं बनाना चाहती थी जोकि एक बार धरती और आकाश को जग-मग तो कर देती है, पर फिर जिसे आजीवन आकाश के खाली हाथ टटोलते रहते हैं पर छू नहीं सकते। मैं तो उस 'अलौकिक' के स्पर्श से जगाई हुई जोत को अपनी सम्पूर्ण आयु का प्रकाश बना लेना चाहती थी जिसकी दिव्य चमक के बाद फिर मेरी दुनिया अंधेरी न हो जाए, बल्कि जिसके पार्थिव स्पर्श से मेरी मंज़िल का पथ आलोकित हो जाए।

"मेरा भाग्य जाग उठा और वह 'अलौकिक' मेरे जीवन का सत्य हो गया। मैं भी हैरान थी, मेरी मां भी, और दुनिया भी। पर

दुनिया के माथे पर गुस्से के सात बल पड़े हुए थे।

"मैं बालिग थी। कानून ने हमें शरण दी, दुनिया के माथे को, जिसपर गुस्से से बल पड़े हुए थे, उसने न देखा, और हमारे विवाह पर अपना अंगूठा लगा दिया। मैं उसकी हो गई, जिसकी मैं होना चाहती थी।

"हमारी दुनिया बस गई। दो बुतों की दुनिया!···"

पढ़ते-पढ़ते अशू का सिर झुक गया और उसका माथा पुस्तक पर टिक गया। वह जब भी पढ़ती थी उसे ऐसे ही हो जाता था। कभी वह उस पुस्तक को आरम्भ से पढ़ती थी, कभी पीछे से, कभी बीच में से ही, और कभी-कभी ऐसे जैसे कोई अपनी पूज्य पुस्तक में से केवल एक वाक्य ले लेता है, किसी अध्याय का एक श्लोक या एक मन्त्र पढ़ लेता है या केवल अक्षरों को देखकर अपना माथा नवा लेता है।

"बीबी!" अशू की पीठ के पीछे से मां की आवाज़ आई। अशू ने शायद उसे सुना नहीं। "अशू···" मां ने अशू के कंधे पर अपना बूढ़ा कांपता हुआ हाथ रख दिया। "आज फिर तू इसे खोल बैठी है!" मां ने कहा।

"मां!···" अशू ने पुस्तक पर से अपना माथा उठा लिया। एक स्वाभाविक मुस्कान उसके मुख पर आ गई थी। मां को उसने अपने पास कालीन पर बिठा लिया।

"यह ले, रख देती हूं।···" अशू ने पुस्तक उसी तरह मेज़ के खाने में रख दी और चिनार के पत्तों को उसी तरह जोड़ दिया।

लकड़ी के बने हुए पत्ते उसी तरह मेज़ की सतह मालूम होने लगे। अशू ने अपनी मां का चित्र धीरे से मेज़ पर टिका दिया और फिर तानपूरा हाथ में लेकर बोली:

"मेरी मां भी यही तानपूरा बजाती थी न?"

"हां।..."

"मां,तू बड़ी अच्छी है।" अशू ने अपनी बुढ़िया दासी को आलिंगन में भर लिया।

"तू मेरी मां को प्यार करती थी न?..." अशू ने कहा।

"अशू! ..." मां का गला कुछ भर आया।

"तू मत रो मां, बहुत रो चुकी है! भला मां, मेरी मां से कैसे तेरा प्यार हो गया?" अशू के स्वर में स्नेह भर आया।

"मुझे भी तो इस दुनिया में कोई नहीं चाहता था।"

"मां, तेरे बेटा कोई नहीं था?"

"नहीं, अशू!"

"और कोई?"

"दुःखी को दुःखी पहचानता है! तुम बच्चों को पालने के लिए तेरी मां को किसीकी ज़रूरत थी, और मैं अकेली थी, बेआसरे।..."

"अच्छा, तू रो मत मां! तू रोती क्यों है?"

"अगर तेरी मां जीती होती या तेरा बाप ही जीता होता!" मां का गला रुंध गया।

"फिर मैं कभी भी किसी सभा में गाने न जाती।"

"तुझे गाना अच्छा नहीं लगता, अशू?"

"गाना तो अच्छा लगता है, मां, लेकिन किसीके घर जाकर नहीं; और फिर, गाकर किसीसे पैसे लेने...मुझे ये अच्छा नहीं लगता। गाना वैसे तो अच्छा लगता है, पर ये पैसे देनेवाले उसे अच्छा नहीं लगने देते।" कहते-कहते जैसे अशू का सांस चढ़ गया। "जब मेरे पास बहुत पैसे हो जाएंगे, फिर मैं गाने के लिए कभी किसी के पास नहीं जाऊंगी, फिर हम नीता का ब्याह रचाएंगे,मां!" अशू का मन मानो एक चाव से भर गया हो।

"नीता से पहले उसकी बहन का ब्याह करेंगे!..." मां

हंस दी।

"नहीं, मां!" असू हंस नहीं सकी। "अब नीता कुछ सयानी हो गई है, इसे बोर्डिंग में कर दें, और हम बम्बई चलें। मेरा अब यहां दिल्ली में रहने को मन नहीं करता।"

"क्यों अशू? यह तेरा अपना मकान है, तेरी मां का मकान, तेरे पिता का मकान। इसीलिए यह मकान तूने अपने चाचा को नहीं दिया था।"

"चाचा को तो न मैंने कभी पहले देखा था, और न बाद में देखा। न जाने तब कैसे एक बार आ गया था, शायद मकान लेने के लिए··· उसकी बात छोड़ो, मां! ऐसे ही कह रही थी मैं, फिल्मों के कुछ गाने गा लूं तो फिर मुझे ये छोटे-छोटे काम न करने पड़ेंगे।···" अशू जैसे ऊहापोह में पड़ गई हो। मां इसके माथे को धीरे-धीरे थपकने लगी। 'कितना बोझ इसके सुकूमार कंधों पर पड़ गया!' मां सोचती रही। कुछ देर बाद उसने जाना कि अशू उसकी गोदी में सो गई थी।

"मेरी मां नाक में तिल्ली भी तो पहना करती थी न?···" अशू मानो सोते-सोते बड़बड़ा उठी हो, और फिर उठकर अपनी मां के चित्र को देखने लगी।

"तेरे पिता को उसकी नाक में पड़ी हुई तिल्ली बहुत भाती थी।"

"मां, वह तुझसे अपनी सारी बातें कर लेती थी?"

"और उसके पास था कौन, अशू!···"

"तो फिर मां, उसने यह पुस्तक कब लिखी?"

"कई बार लिखा करती थी। देख न, इसके ऊपर कई तारीखें पड़ी हुई हैं।"

"हां, एक डायरी की तरह।"

"पहले-पहल तो तेरी मां को बहुत बुरे दिन देखने पड़े थे। तेरा पिता तो अभी कॉलिज में पढ़ता था। काम कोई था नहीं। मां-बाप ने घर में घुसने नहीं दिया।···"

"फिर, मां, उन्होंने ब्याह कैसे किया?"

"ब्याह तो उन्होंने कचहरी में कर लिया था।"

"फिर?"

"कॉलिज के ज़माने में जब तेरा पिता वायलिन सीखता था, एक बुड्ढा मीरासी उसके साथ तबला बजाया करता था। उस बेचारे ने दोनों को अपने घर ठौर दी। तेरी मां रात के समय तेरे पिता से पढ़ा करती थी। दिन में जब वह कॉलिज चला जाता था, वह उस मीरासी से गाना सीखा करती। बड़ी कठिनाई से उन्होंने अपने दिन काटे। पर तेरी मां के दिल में पछतावा नहीं आया।···"

"तब लाहौर रहते थे न, मां?"

"हां, लाहौर।"

"फिर, मां?"

"किसी नाचनेवाली के घर भी वह मीरासी तबला बजाया करता था। तेरी मां बताया करती थी कि एक दिन मीरासी ने तबला बजाते हुए नाचनेवाली से ज़िक्र किया कि किस तरह वह दिन में एक लड़की को गाना सिखाता है; और तेरी मां की आवाज़ की बहुत तारीफ की।"

"फिर, मां?"

"वह नाचनेवाली, कहते हैं, एक दिन तेरी मां के घर आ गई और उसने तेरी मां का गाना सुना। उस नाचनेवाली के जी में क्या आया कि फिर वह दूसरे-तीसरे आ जाती और तेरी मां को गाना सिखाती···"

"तेरे पिता को नीचा दिखाने के लिए उसके पिता ने सारे शहर

में यह बात फैला दी कि तेरी मां उस नाचनेवाली की बेटी थी और, इसलिए नाचना-गाना तेरी मां का खानदानी पेशा था।"

"हां, मां···इस पुस्तक में भी लिखा हुआ है···और फिर पिताजी ने लाहौर छोड़ दिया। वहां रहना उनके लिए बहुत कठिन हो गया था। यहां दिल्ली आकर उन्होंने एक मकान खरीदा। मां ने यह भी लिखा है कि इस मकान को खरीदने के लिए पिताजी को असल में उसी नर्तकी ने रुपये दिए थे···इकबाल नाम था उसका।···पर मां, उस नर्तकी जैसे नेक बन्दे भी इस दुनिया में होते हैं?" यह प्रश्न करके अशू ने मां के मुख की ओर देखा; और फिर आप ही कहने लगी: "मां ने अपनी पुस्तक में एक स्थान पर लिखा है कि दुनिया में भले लोग बहुत नहीं होते, पर जितने भी होते हैं उन्हींके नाते और लोगों को भी कभी बुरा न कहना। कोई भी जो तुम्हें अच्छा लगता है, उसकी खातिर उन सबको माफ कर देना, जिन्होंने तुम्हारे साथ बुराई की है। आखिर उन 'बुरों' की दुनिया ने ही तुम्हारा एक 'अच्छा' तुम्हें दिया है।···" कहते-कहते अशू रुक गई।

"कितना बड़ा दिल था मां का!···" अशू की पलकें भीग गई ···और उसे लगा कि जैसे उसके अन्तराल में उसके राग और वैराग के सातों स्वर अपने-अपने स्थान पर आ गए हों। मां उसकी गुरु थी, मां उसका ज्ञान थी। मन्त्रमुग्ध होकर अशू कमरे में लगे अपनी मां के चित्र की ओर देखने लगी।

चार

कमरे की खिड़की पश्चिम की ओर खुलती थी। इसपर सफेद रेशम का परदा पड़ा हुआ था। हवा के एक झोंके ने परदे को हिला दिया और सूरज की अन्तिम किरणें खिड़की में से होकर कमरे के फर्श पर

आ पड़ी। परदा फिर हिला और सूरज की किरणें उल्टे पांव लौट गईं।

अशू के विचार मानो बिखर गए हों, उसे पीछे की ओर से किसीकी लम्बी सांस लेने की आवाज़ आई।

"राजन बाबू!" अशू ने जब मुड़कर देखा, दीवार के पास राजन बैठा हुआ था।

"क्षमा कीजिए, अशूजी!..."

"आप कब आए?"

"थोड़ी ही देर हुई।..."

"आपने मुझे बुलाया क्यों नहीं?"

"......"

"राजन बाबू! आप क्या सोच रहे हैं?"

"मैं सोच रहा हूं कि सूरज की अन्तिम किरणें अभी कमरे में आई थीं और आकर चली गईं, मानो वे आपको आज का अन्तिम प्रणाम करने आई हों। उन्होंने आपको हिलाया नहीं, बुलाया नहीं। ऐसे ही शायद मुझे भी चले जाना चाहिए था...पर मैं जा नहीं सका!" राजन वैसे ही अपने दोनों घुटनों पर दाहिनी बांह रखे दीवार के सहारे बैठा रहा।

"आप हर बात कविता में सोचते हैं।"

"मेरी कविता का जन्म भटकन में होता है, व्याकुलता में, निद्राहीन रातों में...पर...पर आप अपने सुरों में लीन हो जाती हैं, सिर्फ सात सुरों में...न जाने हमारे देश में सात का अंक क्यों इतने महत्त्व का है!..."

"राजन बाबू!..."

"आप क्या गा रही थीं?"

"एमन कल्याण।"

"यह शाम का राग होगा?"

"हां, शाम का।"

"आप वैसे ही गाती रहिए।"

"आपको अच्छा लगा?"

"बहुत अच्छा, पर मुझे आपके इन सात स्वरों से ईर्ष्या हो गई है।"

"तब मैं पांच स्वरोंवाला कोई राग गाऊंगी।"

"पांच स्वरों के राग भी होते हैं?"

"हां, पर वे सम्पूर्ण ठाठ के राग नहीं कहलाते।"

"उन्हें क्या कहते हैं?"

"औडव।"

"और छः स्वरों के राग को?"

"पाडव।"

"और सात स्वरों के राग को?"

"सम्पूर्ण।"

"सम्पूर्ण...सम्पूर्ण तो शायद जीवन में कुछ नहीं होता। अपूर्णता ही जीवन की पूर्णता है।..."

"राजन बाबू!..."

"अपूर्ण ठाठ के राग मीठे तो होते होंगे?"

"बहुत मीठे।"

"तब वही गाइए! मिठास का जीवन शायद लम्बा नहीं होता।"

"सम्पूर्ण ठाठवाले भी उतने ही मीठे होते हैं।"

"तब फिर सम्पूर्ण ही गाइए! कम से कम यह शब्द 'सम्पूर्ण' तो है। कितना अच्छा शब्द है! पर शायद ठीक नहीं।"

"ठीक नहीं?"

"मुझे इसका अर्थ नहीं आता! 'सम्पूर्ण'···'सम्पूर्ण'···इस शब्द का जैसे मेरे जीवन से कोई सम्बन्ध नहीं जुड़ता। नहीं, नहीं···मैं तो यह कहूंगा, अशूजी, कि इस शब्द का हमारी धरती से कोई सम्बन्ध नहीं। इसीलिए मुझे इसका अर्थ नहीं आता। तानसेन ने यह राग बनाया होगा···यह एमन कल्याण।···"

"सम्पूर्ण जाति के तो अनेक राग होते हैं, राजन बाबू! पर एमन कल्याण तानसेन ने नहीं बनाया था, अमीर खुसरो ने बनाया था।"

"चलो अमीर खुसरो ने ही सही, पर उसने सम्पूर्ण जाति का राग क्यों बनाया?"

"उसे मालूम नहीं था कि आज कई सौ साल बाद आप इसके सम्बन्ध में यह प्रश्न करेंगे!"

"उसने यह राग कैसे बनाया था?"

"कहते हैं, फारसी के राग मोकम और हिन्दुस्तान के राग कल्याण को लेकर उसने यह राग एमन कल्याण बनाया था।"

"और उसने दो धरतियों को जोड़ दिया।···"

"राजन बाबू!"

"यह धरती की बात होते हुए भी धरती की बात नहीं है, अशू!"

"राजन बाबू!···"

"इस राग में उसने एक भी स्वर वर्जित नहीं किया? सातों स्वर इस राग में लगा दिए?"

"सातों स्वर तो कई रागों में लगते हैं, राजन बाबू!"

"पर उन्हें लगाना नहीं चाहिए मैं बहुत भावुक हो गया हूं, अशू!··· मैं तो ऐसे ही बोलता रहूंगा। आप गाइए, फिर नहीं बोलूंगा।"

"कहिए, कौन-सा राग गाऊं?"

"बस, यह एमन कल्याण न गाइए, आर जो जी चाहे गाइए।"

"और···"

"वह राग जो सम्पूर्ण न हो।"

"पहाड़ी गाऊं?"

"कितने स्वरों का राग है?"

"पांच का।"

"फिर गाइए।"

"बिलकुल भूपाली जैसा है। पर अब तो पहाड़ी भी सात स्वरों से गाते हैं। गवैयों ने अब इसे सम्पूर्ण जाति में शामिल कर लिया है। पर मैं पुरातन पहाड़ी गाऊंगी··पांच स्वरों का राग··या फिर आप और कोई राग कहें।···"

अशू चुप हो गई।

"ये राग एक-दूसरे से अलग होते हुए भी एक-दूसरे से मिलते हुए हैं, और एक-दूसरे के पास होते हुए भी एक-दूसरे से दूर! ···" राजन ने अपना माथा नीचा करके अपने दाहिने हाथ की हथेली पर रख लिया, मानो अब वह अपनी भावुकता को कुछ बोलकर व्यक्त करना न चाहता हो, और उसे अपने हाथ में थाम लेना चाहता हो।

"कई रागों में केवल एक स्वर का अन्तर होता है। भूपाली में अगर शुद्ध 'गा' के स्थान पर कोमल 'गा' लगा दिया जाए तो शिव-रंजनी बन जाती है।" ज़रा ठहरकर अशू ने कहा।

"केवल एक स्वर··एक स्वर··केवल एक स्वर के अन्तर से दो आत्माएं जीवन-भर बिछुड़ी रहती हैं। सदियां बीत गई हैं, भूपाली शिवरंजनी नहीं बन सकी; सदियां हो गई हैं, शिवरंजनी भूपाली नहीं बन सकी। दो आत्माएं···"

"राजन बाबू!"

"केवल राग नहीं, अशूजी! मुझे कोई गीत सुनाइए।"

"अच्छा।..."

"जिसमें स्वर और शब्द का मेल होता है, अमीर खुसरो के एमन कल्याण की भांति फारसी और हिन्दुस्तानी का मेल...जहां पूरब और पश्चिम आकर मिलते हैं...स्वर और शब्द! ..."

अशू के गले से विहाग के स्वर निकले। कुछ मिनट...कुछ और मिनट...अशू ने अनुभव किया कि उसकी उंगलियों के पोटे तानपूरे के तारों से एकस्वर नहीं हुए हैं। उसके पोटों में एक प्रकार की विचलता थी, और उसकी लय कांप रही थी।

अशू ने अपनी सम्पूर्ण आत्मा से विहाग के भरवां स्वर लगाए, फिर भी उसे अनुभव हुआ कि उसके स्वर उसकी लय से अलग हो गए हैं। 'स्वर लय से अलग हो जाएं?' अशू ने अपनी नाड़ियों में रोष के एक थपेड़े को अनुभव किया, 'यह तो ऐसा ही था, जैसे कोई आत्मा अपने शरीर से अलग हो रही हो...नहीं, नहीं, वह इस तरह नहीं टूट सकती...स्वर उसका शरीर, और लय उसकी आत्मा थी...वह स्वर से दूर नहीं जा सकती थी, वह लय से दूर नहीं जा सकती थी!'

अशू के स्वर अपनी लय में लीन हो गए। विहाग के सातों स्वर उसके कंठ से भरपूर निकले; और इन सात स्वरों के सातों मन्त्रों ने उसकी आत्मा को कील दिया।

अशू गाती रही, गाती रही; और फिर उसके गले की हरकत एक गीत गाने लगी:

मेरे हाथों पे मेंहदी लगी
लट उलझी सुलझा जा बालम...

गले में बड़ी ही कोमल हरकत आती गई। विहाग के अत्यन्त वैराग्यपूर्ण स्वर निकलते रहे और फिर अशू की आंखों में आप ही

आप मद-सा छलक आया। अशू कभी तार सप्तक में गाती, कभी खरज के सुरों में। स्वर रेशम की पूनी की भांति होते गए जिनपर अशू की आवाज़ और कोमल···और भी कोमल होती गई। न जाने कितनी ही बार अशू के गले से निकला:

लट उलझी सुलझा जा बालम···

और फिर अशू ने गाया:

मोरे माथे की बिंदिया बिखर गई है
अपने हाथ लगा जा बालम···
लट उलझी सुलझा जा······

अशू की उंगलियां थम गईं। तानपूरे की अन्तिम झनकार हवा में लीन हो गई। अशू ने अपने नेत्र उठाकर राजन के मुख की ओर देखा। अशू की आत्मा, राजन की आत्मा राग के सातों स्वरों में कीली हुई थी।

जब बीन बजनी बन्द हो जाती है,तब जिस तरह किसीका होश फिर जाग उठता है, उसी प्रकार उठकर राजन ने कमरे की बत्ती जला दी।···"

"आपके ये स्वर क्या हैं?···ये सात स्वर या तो सात दैत्य हैं, या फिर सात अप्सराएं हैं।···"

"जी!···"

"मुझे इनके जादू से डर लगता है।···"

"उठिए, राजन बाबू, इन स्वरों के कमरे से बाहर चलें!"

"इनसे दूर···इनसे डर के, कहां कोई जा सकता है।···"

"चलिए, मैं आपके लिए कॉफी बनाती हूं।···"

मां ने आकर बताया कि वह नीता को सुला रही थी, इसलिए पन्द्रह-बीस मिनट बाद कॉफी बना देगी। अशू कमरे में नहीं बैठी, वह राजन को बाहर ग्राउण्ड में ले गई।

"यह मैंने गुलाब की क्यारी लगाई है।"

राजन गुलाब की उसी क्यारी के पास खड़ा रहा।

जैसे कभी-कभी निर्मल नील आकाश के मस्तक पर अचानक बादलों के कुछ टुकड़े घूमने लगते हैं, राजन को लगा···अशू···अशू ···एक लट है, जीवन के चौड़े ललाट पर, लम्बे, सुन्दर और रेशमी गुच्छे की भांति, बल खाई हुई लट। न जाने लट उलझी हुई थी या नहीं, पर वह स्वयं उस लट में उलझ गया था। 'लट उलझी सुलझा जा···' वह किससे कहे कि 'लट उलझी सुलझा जा!' नहीं; नहीं, वह तो सुलझना नहीं चाहता था।

अशू के हाथ में एक रेशमी रूमाल की छोटी-सी पोटली थी।

"यह कल की डाक से आई थी।"

"यह क्या?"

"इमली के पत्ते हैं।"

"इमली के पत्ते?"

"राजेन्द्र ने ग्वालियर से भेजे हैं। आप तो जानते ही हैं, ग्वालियर में तानसेन की कब्र है, और कब्र के पास ही इमली का एक पेड़ है। गवैये बड़ी दूर-दूर से उस कब्र पर जाते हैं, जैसे कोई तीर्थयात्रा करने जाता हो, और इमली के पत्ते ज़रूर चबाते हैं। मैंने आपको बताया था कि यह बहुत प्राचीन कहावत है कि इन पत्तों को खाने से कण्ठ सुरीला हो जाता है।" अशू मुस्करा दी, और एक पत्ता उठाकर अपने मुंह में डाल लिया। "इससे बढ़िया उपहार मुझे कोई नहीं भेज सकता। आपको याद होगा; आप एक बार ग्वालियर जानेवाले थे, लेकिन फिर गए नहीं, मैंने आपसे कहा था कि आप अगर ग्वालियर जाएं तो मेरे लिए तानसेन की कब्र के पास उगी हुई इमली के पत्ते ले आएं। यह लीजिए, राजन बाबू; आप भी एक पत्ता लीजिए।"

"मैं कण्ठ सुरीला करके क्या करूंगा, अशू, आप खाइए।"

"शायद कविता और सुरीली हो जाए।"

"कविता तानसेन की कब्र के पास उगे हुए इमली के पत्ते से नहीं···"

"तानमेन की कब्र के पास नहीं तो किसी कालिदास की समाधि के पास उगे हुए···"

"कालिदास की समाधि के पास उगे हुए किसी भी फूल-पत्ते से नहीं, अशू, आपकी क्यारी की एक पत्ती से···" और राजन ने क्यारी के अधखिले गुलाब की पंखड़ी तोड़कर अपने मुंह में डाल ली।

चन्द्रमा की कुछ तिरछी किरणें अब प्रकाश की एक गहरी लकीर बन गई थीं। चन्द्रमा का बाकी भाग अभी छत की ओट में था। चांदनी की वह गहरी रेखा अशू के मुख पर पड़ रही थी। एक शीतल-सी सिहरन अशू के शरीर में आई और उसे लगा, जैसे किसी पहाड़ी झरने के शीतल जल की बौछार उसके मुंह पर आ पड़ी हो।

"अशू बीबी!" मां की आवाज़ आई। अशू और राजन के पैर चुपचाप आवाज़ के पीछे-पीछे कमरे में चले गए।

मेज़ पर किसी हुई डबलरोटी, मक्खन, क्रीम और कॉफी रखी हुई थी। अशू के हाथ से कॉफी का प्याला लेते हुए राजन ने कहा:

"राजेन्द्र कब से ग्वालियर गया हुआ है?"

"पिछले हफ्ते से।"

"अब तो आनेवाला होगा?"

"खयाल तो है।"

"उसने अपना उपहार डाक से क्यों भेजा है? आते हुए अपने साथ ला सकता था।"

"हां, ला तो सकता था।"

"राजेन्द्र का आपसे कब से परिचय है?"

"कोई डेढ़–एक साल से।"

"......."

"राजन बाबू! आपकी तबीयत शायद ठीक नहीं है।"

"परिचय कैसे हुआ था?" राजन अपने ही विचारों में लीन था, शायद उसने अशू की बात नहीं सुनी।

"मैं एक संगीत-सभा में गाने के लिए गई थी। वहां राजेन्द्र बाबू ने अपने पत्र के लिए कई तस्वीरें ली थीं, एक तस्वीर मेरी भी थी, फिर तस्वीर के साथ उन्होंने जो कुछ लिखना था वह पूछने के लिए वह मेरे घर आया था।"

"...."और फिर वह बराबर आता रहा।"

"हां..." अशू आगे भी कहना चाहती थी कि फिर राजेन्द्र ने उसके वास्ते कई सभाओं की व्यवस्था की, कई समारोहों में बड़े उत्साह के साथ उसका गाना करवाया, 'वह...वह...' पर अशू ने कुछ कहा नहीं।

"राजेन्द्र आपको अच्छा लगता है?" राजन के मुंह से निकल गया, पर उसके मुख का रंग फीका पड़ गया, मानो उसके प्रश्न ने उसे लज्जित कर दिया हो।

अशू बोली नहीं।

"मुझे क्षमा कीजिएगा, अशूजी!"

"और कॉफी बनाऊं?"

"नहीं...अच्छा, बना दीजिए।"

"आज एमन कल्याण ने न जाने मुझे क्या कर दिया है। आप नाराज़ तो न होंगी, अशू!"

कितने ही मिनट बीत गए। न राजन बोल सका, न अशू ने ही कुछ कहा। मां कमरे में आई।

"बीबी, तुमने शाम की डाक नहीं देखी, मेज़ पर पड़ी हुई है।"

"कहां...?" अशू को लगा जैसे इस चुप को तोड़ने के लिए यह

डाक कहीं से आ गई थी। मां ने दो अखबार और एक लिफाफा लाकर अशू के सामने रख दिया।

अशू ने लिफाफा खोला और अन्तिम पन्ने पर लिखनेवाले का नाम पढ़कर बोली, "राजेन्द्र की चिट्ठी है।"

अशू चिट्ठी पढ़ने लगी—

"अशूजी !

"मैं चाहता था आपके नाम के साथ कोई शब्द जोड़कर लिख सकता, पर मैं कोई उचित शब्द नहीं सोच सका। सब शब्द बड़े साधारण थे···

"कल मैंने आपको इमली के कुछ पत्ते भेजे हैं। असल में कितने ही दिनों से कुछ भेजने के लिए मैंने सारा शहर छान मारा। कोई चीज़ जंचती ही नहीं थी। सारी चीज़ें महंगी या सस्ती, न जाने आपको कैसी लगतीं। पर कल मैं यहां आया और मैंने गवैयों को तानसेन की कब्र पर सिर झुकाते देखा तो मुझे याद आया कि आपने मुझे तानसेन की इस कब्र के पास उगे हुए इमली के पेड़ के बारे में बताया था। उस दिन आप राजन से कह रही थी कि वह अगर ग्वालियर जाए तो ये पत्ते ज़रूर ले आए। पर तब से ग्वालियर आना नहीं हुआ। मैं आज काम से यहां आया था। वृक्ष बड़ा सुन्दर है, बड़ा घना। मेरे मन में आया, काश! आप उस समय उस वृक्ष की छाया में बैठी होती···

"पर अच्छा हुआ आप नहीं थीं। आप होती तो शायद मैं आपको कुछ भी न बता सकता। इमली के पत्ते बड़ी साधारण-सी चीज़ हैं, पर तानसेन की कब्र के पास उगे हुए पत्ते साधारण नहीं। 'प्यार' भी तो बड़ा साधारण-सा शब्द है, पर जब कोई इसका अर्थ अपने रोम-रोम से जान लेता है तब यह साधारण नहीं रहता।···

"इमली के वे पत्ते आप ज़रूर खाइएगा। आपके जादू-भरे कण्ठ

मैं, मैं सोचता हूं, इससे अधिक जादू क्या आएगा, फिर भी··· सोलहवीं···शती में हिन्दुस्तान ने तानसेन को जन्म दिया था, अब चार शती बाद आपको···

"एक बार की बात है, राजन बठा हुआ था, आप बैठी हुई थीं, मैं बैठा हुआ था; और मैंने यह दावा किया था कि हम अखबार-वाले, प्रेसवाले, कलाकार नहीं होते, पर कलाकारों को जन्म देते हैं। आज मेरे जी में एक लालसा है कि मैं भी कलाकार होता, मैं वह सब बोल सकता, जो मैं बोलना चाहता हूं। मैं आपको एक बार बोलकर बताता, अशूजी···

"पर मैं कलाकार नहीं हैं, और न सम्राट अकबर, जिसने तानसेन को अपने दरबार की दीवारों में लपेट लिया था। मैं···मैं तो केवल राजेन्द्र हूं···मैं तो केवल ये पत्ते आपको भेज सकता हूं। केवल पत्ते, और केवल आपके लिए···

"कल यहां बैठकर मैं इमली के पत्ते चुन रहा था और आज मैं आपको एक पत्र लिख रहा हूं। ये पत्ते मैं अपने साथ भी ला सकता था, पर फिर मैं वह पत्र नहीं लिख सकता। कल भी सोचा था, लिखूं, पर लिख न सका; और अब यहां से मेरे चलने में केवल एक दिन बाकी है। आज फिर मैं इमली के इस पेड़ के नीचे बैठा हुआ हूं।

"इन दिनों में शायद राजन आपसे मिला होगा। उसके बारे में भी मैं आपसे कुछ कहना चाहता था, पर कभी कह नहीं सका। आप कलाकार हैं, वह कलाकार है, आप उसकी कदर करती हैं। जहां तक कला का प्रश्न है, मैं भी उसकी कदर करता हूं। पर आज मैं यह भी कहना चाहूंगा, अशूजी, कि वह आपका मित्र होने के योग्य नहीं है। मैं ही उसे आपके पास लेकर आया था; और आज मैं ही यह कह रहा हूं। यह नहीं कि तब मुझे पता नहीं था, केवल इसलिए

कि आपकी इच्छा थी। अशूजी, आप साधारण व्यक्ति नहीं हैं। लेकिन कोई भी साधारण पर सुन्दर लड़की राजन की मित्र हो सकती है। उसके लिए लड़की एक वस्तु है, वस्तु भी स्थायी वस्तु नहीं। और मैं यह भी जानता हूं कि उसके अब के गीतों में आपका वर्णन है, बिलकुल उसी तरह जैसे आपसे मिलने से पहले उसके गीतों में किसी और लड़की का वर्णन था। शायद मुझे इससे अधिक कुछ नहीं कहना चाहिए। उसके लिए आप सुन्दर हैं, शायद उसकी साधना भी; पर उतने ही समय के लिए जब तक आपको प्राप्त करना उसके लिए आसान नहीं।

"अच्छा, अशूजी, आप अगर इमली के पत्ते खा लेंगी तो मैं अपना सब कुछ सुकारथ समझूंगा। आपके कण्ठ में सुर है, राग है, जादू है। और मैं सोचता हूं कि किसीके गले में इससे अधिक जादू कैसे आ सकता है।···

आपका

राजेन्द्र"

मेज़ पर झुके हुए अशू ने पूरा पत्र पढ़ डाला। जब वह सीधी होने लगी तो उसने अनुभव किया जैसे उसकी रीढ़ की हड्डी पर कहीं चोट लग गई हो।

"मैं चलता हूं अशू!" राजन कुर्सी पर से उठ खड़ा हुआ। अशू न कुछ कह ही सकी, न उठ सकी।

"आपका जी ठीक नहीं है। चलिए मैं आपको आपके सोने के कमरे तक छोड़ आता हूं।" राजन ने ही कहा और अशू को अपने हाथ से सहारा दिया। अशू उठकर खड़ी हो गई।

सोनेवाले कमरे में एक पलंग पर नीता सोई हुई थी। दूसरे पलंग के पास पहुंचकर राजन ने अशू की ठंडी उंगलियां अपनी हथेलियों से छुईं।

“अब मैं जाता हूं, अशू, आप सो जाइएगा।” राजन ने धीरे से कहा और कमरे से लौटने लगा।

“राजन!” अशू के कण्ठ से उसकी आवाज़ इस तरह निकली जैसे उसके गले ने उसकी आवाज़ दोनों हाथों से दबाकर पकड़ी हुई हो।

“आप सो जाइए!” राजन के पांव रुक गए, पर उसने मुड़कर अशू की ओर देखा नहीं।

अशू प्रतिमा बनी पलंग के पास खड़ी थी। उसके कण्ठ से कोई आवाज़ नहीं निकली।

राजन मुड़ा और उसने अशू का एक हाथ पकड़कर उसको पलंग की पट्टी पर बिठा दिया। “लेट जाइए···” राजन ने कहा।

अशू चुपचाप पलंग पर लेट गई। राजन ने पैताने का कंबल उठाकर अशू के ऊपर डाल दिया और जब वह पैर की ओर कंबल को दुहरा करके अन्दर की ओर मोड़ने लगा तो उसके हाथ अशू के पैरों से छू गए—पैर जैसे बरफ के टुकड़े हों।

राजन पलंग पर बैठा नहीं, पर उसने झुककर अशू के दोनों पैरों को अपने हाथों से मला और अपनी हथेलियों से सहलाया।

“राजन!” बहुत देर के बाद धीरे से अशू की आवाज़ सुनाई दी।

“मैं जाऊं, अशू!” राजन ने कहा, पर अशू के मुख की ओर नहीं देखा।

“राजेन्द्र की चिट्ठी···” अशू की धीमी-सी आवाज़ इतना ही कहकर रुक गई।

“होगी कोई एमन कल्याण की बात कोई नया राग···”

“एमन कल्याण बनानेवाला तो कलाकार था।···” अशू ने राजन के हाथों में से अपने पैरों को पीछे खींच लिया और बोली,

"कलाकार कभी सुर से दूर नहीं जाते।"

राजन चुप रहा। फिर मानो उसकी आकृति में एक प्रकार की गति आ गई, उसके होंठों से निकला, "वास्तविक अर्थ में किसी एमन कल्याण को जन्म दे सकना बड़ा कठिन है, अशू, बड़ा कठिन है।···" और राजन चला गया।

पांच

चार पहर लम्बी रात का अन्तिम पहर समाप्त भी न हो पाता था कि जब अशू की आंख, एक नियम में बंधी हुई सी खुल जाती थी। उस समय अशू मां को नहीं जगाती थी। बिजली के चूल्हे पर एक प्याला चाय वह स्वयं बनाती थी और चाय का आखिरी घूंट पीते-पीते वह तानपूरे के पहले तार को छेड़ लेती थी।

आज भी अशू की आंख, नियम से बंधी हुई-सी, उसी प्रकार खुल गई। आज भी चाय का प्याला उसने स्वयं बनाया और उसका आखिरी घूंट पीते-पीते तानपूरे के पहले तार को छेड़ा। अशू के गले में भैरव के स्वर जाग उठे। आरोही-अवरोही के स्वरों पर फिरने के बाद भैरव के बोल इन शब्दों में प्रस्फुटित हुए:

'जागिए गोपाल लाल भोर भई अंगना!'

'जा' के साथ सम पर आकर अशू का ध्यान बंट गया। खिड़की के परदे में से छनकर प्रभात की प्रथम किरणें कमरे में लाल कालीन पर पड़ रही थीं।

फिर वे किरणें और आगे बढ़ीं, जैसे बांह लम्बी करके वे किसी चीज़ को छूना चाहती हों।

'एक दिन···एक दिन···' अशू के मन में कुछ होने लगा। 'एक दिन इसी तरह सूरज की किरणें कमरे में आई थीं, पर वे डूबते सूरज

की अन्तिम किरणें थीं और राजन ने कहा था—मानो वे दिन का अन्तिम प्रणाम करने आई हों।···और फिर···फिर राजन ने कहा था—जैसे ये किरणें आईं और आकर चली गईं, उन्होंने आपको हिलाया नहीं, बुलाया नहीं, वैसे ही शायद मुझे भी चले जाना चाहिए था···पर मैं जा नहीं सका।···'

फिर वह सोचने लगी, 'आज ये चढ़ते सूरज की किरणें हैं···पीछे नहीं मुड़तीं···आज ये मुझे हिला रही हैं, बुला रही हैं, पीछे नहीं मुड़ती···इन्हें चले जाना चाहिए, पर ये जाती नहीं···राजन!···'

अशू की आंखों के आगे राजन का मुख घूम गया। उसी मुखड़े को देखने के लिए जब उसने मुंह फेरा, तब तारा उसके पीछे खड़ी हुई थी।

"मैं गहरी नींद में सोई हुई थी, अशूजी, पर आपका भैरव मुझे जगाकर ले आया है।" तारा मुस्करा दी।

"आज तो मेरा भैरव बहुत मील चलकर गया।···" अशू हंसने लगी और उसकी हंसी ने उसके मन में उठ रहे एक विचार को छिपा लिया। फिर भी उस छिपे हुए विचार ने उसके भीतर एक अंगड़ाई ली—'मेरे भैरव ने उसे क्यों नहीं जगाया?···'

"आपके क्या कहने हैं, अशूजी!" तारा हंसने लगी।

"क्यों?"

"आप भाग्यवान हैं, अशूजी! आपके पास इतने राग हैं।"

"तुम भी तो मेरे जैसा ही गाती हो, तारा!"

"पर राग नहीं, सिर्फ गीत, सिर्फ गज़ल।···"

"गीत ही सही, गज़लें ही सही।···"

"पर राग कभी पुराने नहीं होते, अशूजी! आज से एक सदी पहले भी गानेवाले भैरव में यही बोल गाते थे, 'जागिए गोपाल लाल···'"

"यह तो केवल स्वर-साधना के लिए है।"

"पर गीत तो एक बार के बाद पुराना हो जाता है, और उससे अगली बार और पुराना···पर मुझे इसकी कोई शिकायत नहीं, अशूजी, मैं तो फिर भी गीत ही गाना चाहूंगी, चाहे गीत को एक दिन गाकर अगले दिन न गा सकूं।···" तारा खिलखिलाकर हंस पड़ी।

"अच्छा, गीत ही सही। मैं तानपूरा छेड़ती हूं, तुम कोई गीत सुनाओ।"

"मेरे गीतों में कोई राग शुद्ध नहीं लगता।" तारा फिर हंस पड़ी।

"स्वर तो शुद्ध लगते हैं।···"

"मेरे गीतों का न कोई वर्ण है, न जाति है,न नाम; और न ही मेरे गीतों की कोई इस तरह की वेशभूषा है जिस तरह की आपके भैरव की है; आपके भैरव ने गंगाजी को अपने सिर पर धारण किया हुआ है और अपने मस्तक पर चन्द्रमा की कला का तिलक लगाया हुआ है, सांपों के गहने पहने, हाथी की खाल के वस्त्र पहने, हाथ में त्रिशुल लिए, सफेद रंगवाला भैरव!···" तारा फिर खिलखिलाकर हंसने लगी।

"न सही भैरव, कोई गीत ही सही, जिसके वस्त्र रंगीन होते हैं।···"

"जिसके वस्त्र नित्य ही समय के दर्ज़ी नये से नये बना देते हैं।···" तारा ने अशू की आंखों में देखा और फिर कहा, "जिन गीतों का लिखनेवाला एक राजन नहीं, सैकड़ों राजन हैं।"

"क्या मतलब?"

"ये कवि, जिनसे हर सुन्दर लड़की गीत लिखवा सकती है।···" तारा कहते-कहते रुक गई और फिर बोली, "मैं गीत लिखती नहीं, पर गाती हूं। मैं एक गीत को सिर्फ एक बार गाती हूं और फिर

पहने हुए कपड़ों की तरह उतारकर रख देती हूं।…"

"तारा!"

"मैं किसी भी राग के साथ बंध नहीं सकती, अशूजी! गीतों में भी राग बोलते हैं, पर कई राग …।"

"मेरी समझ में कुछ नहीं आ रहा है, तारा!"

"समझने की कोई ज़रूरत भी नहीं, अशू दीदी…इन बातों को जाने दीजिए…मैं आपके लिए एक चीज़ लाई हूं।" तारा ने अपने हाथ में पकड़ी हुई रूमाल की पोटली में से कुछ पत्ते निकालकर अशू की हथेली पर रख दिए।

"यह क्या?…" अशू ने देखा इमली के पत्ते उसकी हथेली पर पड़े हुए हैं। वह चकित होकर तारा की ओर देखने लगी।

"इनसे कण्ठ सुरीला हो जाता है, दीदी! बड़ी दूर से आए हैं, मुझे किसीने भेजे हैं।"

अशू के मुख पर हल्का पीलापन आ गया और वह मुस्कराना चाहते हुए भी मुस्करा न सकी।

"एक पत्ता तो खा लीजिए, दीदी! ये पत्त ग्वालियर से चलकर आए हैं आपके पास।" और तारा ने गौर से अशू के मुख की ओर देखा। अशू की पलकें झुकी नहीं, लेकिन उसके माथे पर तनाव-सा आ गया।

"तानसेन की कब्र के पास उगे हुए इमली के पेड़ से…आप यह पत्ता खा लेंगी, तो मैं अपना सब कुछ सुकारथ समझूंगी।"

अशू अवाक् रह गई। तारा खिलखिलाकर हंस दी। "नहीं खाएंगी, दीदी? अच्छा, फिर मुझे लौटा दीजिए। और फिर ये पत्ते आपके पास भी तो हैं ही।"

"तारा!…"

"मैंने ठीक कहा है न, दीदी! आपके पास तो पहले से ही ये

पड़े हुए हैं, फिर और की आपको क्या ज़रूरत है···पर हमें कम से कम एक पत्ता तो खा ही लेना चाहिए। दीदी, क्योंकि उससे भेजने वाले का सब कुछ सुकारथ हो जाएगा।···" तारा फिर हंस पड़ी और उसने एक पत्ता अपने मुंह में डाल लिया और एक पत्ता अशू के मुंह की ओर बढ़ा दिया।

"तुम्हें कैसे पता है, तारा?" अशू ने मुंह फेर लिया।

"क्योंकि भेजनेवाले ने लिखा था कि मैं तो आपके लिए केवल ये पत्ते भेज सकता हूं, केवल पत्ते, और केवल आपके लिए···और उसकी इस लफ्फाज़ी से मैं उसी समय जान गई थी कि उसने ये पत्ते ज़रूर आपको ही भेजे होंगे, और आपको भी यही लिखा होगा। कहिए, उसने लिखा या नहीं?"

"हां।···"

"इसीलिए तो मैं कहती हूं, दीदी, कि मैं किसी राग के साथ नहीं बंध सकती, मैं एक गीत को सिर्फ एक बार गाती हूं, और फिर पहने हुए कपड़ों की तरह उतारकर रख देती हूं।···"

"तारा!···"

"यह सच बात है, दीदी!"

"यह सब सुनना मुझे अच्छा नहीं लग रहा है।"

"पर सुनना तो पड़ेगा ही।···"

"नहीं तारा! यह सब भयानक है, बहुत भयानक!···"

"फिर आप ही उसकी बात कीजिए जो भयानक नहीं होता।···"

"इस भटकने से कुछ हासिल नहीं होता, तारा!"

"तब पत्थर हो जाना पड़ेगा, दीदी! जीवन तो भटकने काही दूसरा नाम है।"

"हां, जब तक किसी राजमार्ग पर पैर न पड़ जाएं···" अशू ने

ने तानपूरे को अपनी बांह में लपेट लिया और सिर्फ तानपूरे से अपना माथा छुआकर मानो उसका सहारा लिया। "सभी पगडण्डियां राही के पैरों को भटकाती हैं।" अशू कह रही थी।

"पर इनपर चलना तो पड़ेगा ही।"

"नहीं, तारा!"

"जीवन की कोई भी राह मंज़िल को नहीं ले जाती, दीदी!"

"यह न कहो, तारा! जब मंज़िल का खयाल भी बाकी नहीं रहेगा, तब?..."

"तब क्या होगा, दीदी?"

"तब फिर ये पैर ही अकारथ हो जाएंगे, तारा!" अशू का गला भर आया।

"बहुत अच्छा खयाल है, दीदी! पर यह एक खयाल ही है।..." तारा हंस दी।

"तारा, एक बात पूछूं?"

"हां।"

"कभी तुम्हें यह खयाल एक सचाई मालूम होता होगा?"

"हां, दीदी, जब मैं आप जैसी बच्ची थी!" तारा हंसने लगी।

"हंसी न करो, तारा, तुम तो मुझसे दो वरस छोटी हो।"

"आयु केवल बरसों से नहीं बढ़ती, दीदी!" तारा फिर हंस दी।

"नहीं, तारा, हंसो मत।..."

"बहुत रो चुकी हूं, दीदी! अब नहीं रो सकती, और रोना किसके लिए! इन आंसुओं के योग्य कोई नहीं होता।"

"तारा!" कहते-कहते अशू के होंठ कांप उठे।

"आंसुओं का मूल्य कोई नहीं जानता, दीदी, लोग सिर्फ हंसियों

के मूल्य चुकाते हैं। ऐसे ही सही, अब तो मैं सिर्फ हंसती हूं, और गाती हूं।" तारा हंसने लगी।

"यह हंसी।···"

"भयानक नहीं, दीदी, क्योंकि मैं इन सबपर हंसती हूं, अपने-आपपर हंसती हूं, और···"

"तभी यह भयानक है, तारा, किसी दूसरे पर हंसने के बाद फिर अपने ऊपर भी हंसना पड़ता है।"

"पर रोना बहुत कठिन होता है, दीदी!"

"रो सकना बहुत कठिन होता है पर भयानक नहीं, और हंसना शायद बहुत आसान होता है, पर बहुत भयानक!···"

"मैं रोना नहीं चाहती, दीदी!" तारा ने मानो ऊबकर कहा, "मैं हंसना चाहती हूं, मुझे इसका भयावनापन अच्छा लगता है।"

"यह हंसना किसी रोने का विकृत रूप है, तारा!"

"शायद···पर मुझे रुलानेवाले ने यह नहीं सोचा था कि किसी दिन उसीकी जातिवाली को मेरे रोने का बदला चुकाना पड़ेगा।" तारा के माथे पर एक सिकुड़न-सी आ गई और उसने हाथ में लिए हुए रूमाल में पड़े इमली के पत्तों को दोनों हाथों में दबाकरमरोड़ा।

"ये उपहार भेजनेवाले और पत्र लिखनेवाले, ये कला के पारखी और ये कलाकर···" तारा ने एक बार अपने दांतों को भींच लिया, फिर बोली, "दुनिया का कौन-सा ऐसा झूठ है जो इनकी कला ने नहीं बोला···कोई रोए और इनके लिए रोए?" तारा ने फिर एक बार दांतों को पीसा और कहने लगी, "ये हमारे दिलों से खेलना चाहते हैं। जीवन को एक खेल समझकर ही खेलना है तो मैं इनकी कला के साथ जी भरकर खेलूंगी।···"

"इस खेल के खेलने में तो तबाह हो जाना पड़ेगा, तारा!"

"तबाही कोई इतना भयानक शब्द नहीं, दीदी! और अगर है

भी तो अब इतना भयानक नहीं लगता। आखिर जीवन एक आदत ही तो है।"

"संपेरों को सांपों से खेलने की आदत होती है पर निरी आदत ही नहीं, उनके पास ज़हर का मन्त्र भी होता है, उस मन्त्र को सिद्ध करना ही तो कठिन होता है, तारा!"

"अगर कोई अपनी हड्डियों में इतना ज़हर रचा ले कि फिर उसके शरीर पर और किसी ज़हर का असर ही न हो।" तारा हंस दी और हंसते-हंसते बोली, "मुझे एक विषकन्या होना चाहिए था, दीदी, एक विषकन्या, जिसके सुन्दर और संगमरमर जैसे अंगों में जहर भरा होता है।"

"विषकन्या नहीं, तारा, विषलयकरणी।"

"विषलयकरणी!"

"दोनों नामों में कितना कम अन्तर है तारा, कितना कम। पर एक घाव करती है, दूसरी घाव को भरती है।"

"पर मैं तो किसी भी घाव को भरना नहीं चाहती दीदी!"

"यह जीवन की बहुत बड़ी हार है, तारा!"

"तब फिर इस तरह हो, दीदी, कि मैं विषकन्या बनूं, आप बनें विषलयकरणी।" तारा हंसने लगी, "आपके आंस और मेरी हंसी खेलते रहेंगे।···जीवन के दो छोर।"

"शायद इन्हें तोड़कर दो अलग छोर नहीं किए जा सकते, तारा, राग चाहे कुछ भी हो, पर सुर में हो।" अशू के मुख पर विश्वासजन्य स्थिरता आ गई और फिर वह उसी स्थैर्य से बोली, "कोई भी भावना जो वश के बाहर हो जाती है, अपने सुर से हट जाती है, चाहे वह प्रेम की भावना हो, चाहे घृणा की।"

"अच्छा दीदी, आप स्वरों की साधना कीजिए और मैं ज़रा···" तारा कहते-कहते रुक गई और हंसने लगी।

"आज तुम्हें कॉलिज नहीं जाना है, तारा?"

"जी नहीं करता। सवेरे आते समय वार्डन से कह आई थी। आज मैं आपके ही पास रहूंगी, दीदी!"

"स्वरों की साधना करनी है?"

"जी नहीं···बड़ी गरम-गरम कॉफी पीनी है।" और तारा ने मुस्कराकर तानपूरे के एक-दो तार छू दिए।

"मां शायद नीता को स्कूल छोड़ने गई है, अभी आकर कॉफी बना देगी। कहो तो मैं बना दूं?"

"ऊं हूं'···अच्छा दीदी, तब तक मैं राजेन्द्र और राजन को टेली-फोन कर आऊं, फिर सब मिलकर कॉफी पिएंगे।"

"तारा!···"

"जी!···"

"तुम्हें राजेन्द्र से क्या कहना है?"

"कुछ नहीं।"

"इमली के पत्ते दोगी उसे?"

"नहीं, नहीं, इतनी बेलिहाज़ तो नहीं हूं मैं। और वह बात तो मुझे अब याद भी नहीं थी, और फिर उसने कौन-सा सच-सच ही लिखा था जो मैं उसे सच मान लूं।"

"फिर?···"

"फिर क्या, बस कॉफी पिएंगे। जी किया तो कुछ हंस लेंगे।··· हां सच, ग्वालियर से लौटकर राजेन्द्र आपसे मिले नहीं?"

"नहीं?"

"मुझे मिले थे। असल में आपसे वे कुछ डरते हैं, इसीलिए नहीं आए होंगे। बुला लूं?"

"क्या फायदा?"

"यह नफे-नुकसान के सवाल मुझसे नहीं हल किए जाते, दीदी!

नहीं फायदा तो न सही। राजन को तो बुला लूं?"

"जैसी तुम्हारी मर्ज़ी।"

"उसकी बारी मेरी मर्ज़ी?" तारा हंसने लगी।

"नहीं, राजेन्द्र की बारी भी तो मैंने तुम्हारी मर्ज़ी ही कहा था।"

"पर राजन तो आपको अच्छा लगता है, दीदी!" तारा फिर हंस दी।

"सभी अच्छे हैं।..."

"यह अच्छा लगना कुछ खतरनाक भी होता है दीदी! भला, मैं, आज़माकर तो देखूं, राजन है कितने पानी में।"

"तारा!..." अशू ने हैरानी से तारा के मुख की ओर देखा।

"अगर सही-सालिम निकले तो आपके, और जो टूटे-फूटे निकले तो मेरे।" तारा ठहाका मारकर हंस पड़ी, "पर मेरी तो कोई चीज़ भी नहीं होती, बस वैसे ही ज़रा देखूंगी।..." कहते-कहते तारा उठ खड़ी हुई। "पर सही-सालिम भी कुछ नहीं होता, दीदी!..." जाते-जाते तारा ने हंसकर कहा।

तारा चली गई थी और अशू अब कमरे में अकेली थी।

अशू को लगा जैसे उसके साज़ पर से किसीने सब तार उखाड़ दिए हों और उसके हाथ में कुछ लकड़ी के टुकड़े और तारों के उलझे हुए गुच्छे रह गए हों।

जब कभी भी अशू को ऐसा लगता था, वह अपनी मां की डायरी निकालकर पढ़ा करती थी। आज भी अशू अपने साज़ के उखड़े हुए तारों को देखती रही, देखती रही; और फिर उसने मेज़ के ऊपर बने हुए चिनार के पत्तों को हटाकर मेज़ के खाने में से वह पुस्तक निकाल ली।

अशू के पोटों में एक कंपकंपी-सी थी, जिसमें उसके मन की

विचलता दीख रही थी। दोनों हाथों में पुस्तक को लेकर उसने उसे ऐसे खोला मानो उसमें लिखे वाक्य में उसका पूरा हल दिया हुआ था:

"कल्पना के शिखर पर रहकर जीनेवाले व्यक्तियों को जब धरती की ठोकरें लगती हैं, उनकी चोट का कोई अनुमान नहीं किया जा सकता। यह ठीक है, जिन्होंने कल्पना की ऊंचाइयां न देखी हों, उन्हें बड़ी ठोकरों का खतरा नहीं होता, उनका जीवन आसानी से और हमवार गुज़र जाता है; उनकी रातें निद्राहीन नहीं होती, उनकी भावनाओं से लहू नहीं टपकता। पर जिन रातों में सपने नहीं जागते वे यदि नींद के अंधकार में बीत जाती हैं तो उनका मूल्य क्या? कल्पना के शिखरों पर कुछ क्षण खड़े हो लेना ही ज़िन्दगी है; यह और बात है कि इन कुछ क्षणों का बहुत भारी मूल्य देना पड़ता है। और फिर भारी मूल्य दिलों की अमीरी के बिना नहीं दिए जा सकते।···"

अशू को लगा मानो किसीने तारों के उलझे हुए गुच्छे को खोलकर उन्हें लकड़ी के टुकड़ों पर इस तरह बांध दिया हो कि फिर इनसे छूकर जाती हुई हवा भी एक राग बन जाए। अशू ने कलम उठाई और अपनी मां की डायरी खोलकर उसके पन्ने पर लिख दिया—'सरगम।'

आज अशू ने अपनी मां की लिखी पुस्तक का नाम रखा था और उसे लगा, इस नाम में उसे जीवन का भेद मिल गया है, उसके सारे प्रश्नों का उत्तर, उसकी सारी राहों की एक मंज़िल···

चिनार के चौड़े पत्तों के नीचे उस पुस्तक को रखते हुए और फिर उन पत्तों को जोड़ते हुए अशू को लगा, सफलताएं और असफलताएं केवल हवा के ठंडे और गरम झोंके हैं जो आते हैं और गुज़र जाते हैं; पर एक राग का अपने स्वरों के साथ जुड़े रहना ही उसके जीवन का सबसे बड़ा सच है। उसके स्वर, उसकी सरगम···

छः

रात का पहला पहर मां ने अशू के सिरहाने बैठकर काट दिया था। कई बार अशू के तपते हुए माथे को मां ने अपनी उंगलियों से छुआ था। चार-पांच बार गुलाबजल पड़े हुए ठंडे पानी में रूमाल भिगोकर मां ने हल्के-से अशू के माथे को पोंछ दिया था और गीला रूमाल उसके सिर पर डाल दिया था। फिर दोनों हथेलियों से अशू के माथे को दबाकर देर तक उसे सुलाती रही थी।

रात की अनिद्रा ने मां को सवेरे-तड़के ही न जागने दिया। तारा की आवाज़ के साथ उसकी आंख खुली।

"बड़ा ज़ुल्म किया है, दीदी! आपके हाथ भी अभी तप रहे हैं। लगता है, आपको सारी रात बुखार रहा है और ऊपर से आप गुसल-खाने जाकर नहा आई हैं।"

मां चौंककर उठी। अशू के पास उत्तर देने को कुछ नहीं था। शायद खड़े होने की भी उसमें शक्ति नहीं थी, वह थकी हुई सी खाट पर लेट गई।

मां ने कुछ कहा नहीं, पर अगर कोई उसकी आंखों की ओर देखता, उन्हें छलाछल भरी हुई पाता। मां ने अपनी आंखें अशू के मुख की ओर से हटा ली और जल्दी से रसोई में चाय बनाने चली गई।

"दीदी, आत्महत्या करने का और कोई रास्ता नहीं था क्या?"

"नहीं, तारा! यह बात नहीं।···"

"फिर?"

"मुझे अपने से एक ग्लानि-सी आ रही थी।···"

"ग्लानि?"

"मेरे पास आनेवाला, मुझसे बात करनेवाला···"

"बस भी कीजिए, दीदी! आपके पास आनेवालों के कालिख लग जाएगी, आपसे बात करनेवालों का नाम बदनाम हो जाएगा, आप यह कह रही हैं न 'जिनके रंग इतने फीके हों, जिनपर उड़कर कालिख चढ़ जाती हो, वे अपने रास्ते जाएं, वे अपना नाम संभालें, उन्हें अपनी आबरू···"

"तारा' 'तारा!···"

"आप कच्चे रंगों को उतर क्यों नहीं जाने देती दीदी!"

"मैं क्या कहूं।···"

"आप कुछ न कहें, पर आपका बुखार से तपता हुआ माथा तो कह रहा है।···"

"कुछ नहीं, तारा···भला मैं उससे कुछ कहती जो वह जाते समय···जाते समय एक बार···"

"राजन आपसे मिलकर जाता···आपके दरवाज़े में आते अगर कोई उसे देख लेता? पांच सौ महीने की नौकरी···अमीर पत्नी··· कलकत्ता जैसे रंगीन शहर में कोठी···आखिर ये चीज़ें इतनी सस्ती नहीं।···"

"बस करो, तारा!"

"दीदी, आप उसके गीतों को केवल गा सकती हैं, खरीद नहीं सकतीं।···"

"गीत बिकते भी नहीं, तारा! गीत मर जाते हैं, पर बिकते नहीं।···"

"गीत शायद उड़ नहीं सकेंगे, दीदी, पर उनके पंख सोने के हो जाएंगे, वे किसी कोठी के सिंगार बन जाएंगे, वे किसी महफिल की रौनक बन जाएंगे, वे किसी···"

"चुप भी रहो, तारा! ईश्वर के लिए अब और न कहो।···" अशू की आवाज़ बिलकुल प्रार्थना बन गई थी।

"राजन के कलकत्ता जाने का कब पता चला, दीदी?" तारा ने ठहरकर पूछा।

"कल।"

"क्या राजेन्द्र ने बताया?"

"हां।"

"मुझे राजेन्द्र ने अभी टेलीफोन किया था। अगर मुझे कल पता चल जाता तो मैं रात को ही आपके पास आती। राजेन्द्र कह रहे थे कि गुणीता के पिता ने राजन को इसी शर्त पर नौकरी दी है कि वह गुणीता से शादी कर लेगा।···"

"मुझे यह सब न बताओ, तारा!···"

तारा चुप हो गई।

थोड़ी देर बाद अशू बोली, "पर उसने जाते समय मुझसे कुछ कहने की आवश्यकता भी न समझी! ···"

तारा ने अशू के मुख की ओर देखा और उसकी आंखें भर आईं।

मां ने चाय मेज़ पर रख दी थी। तारा ने चाय का गरम प्याला अशू की ओर बढ़ा दिया। अशू ने चाय का एक घूंट भरा और फिर तकिये पर सिर रखकर बच्चों की तरह सिसकने लगी:

"बहुत गीत लिखना, मेरे कवि!···बहुत गीत···उस प्रीत के गीत लिखना, जिसे तुमने अपने पैरों-तले रौंद डाला···उन अरमानों के गीत लिखना जो तुम्हारे दिल में कभी न आए···उन सुपनों के गीत लिखना, मेरे कवि, जो कभी तुम्हारी आंखों में बसे नहीं···उन इंतज़ारों के गीत लिखना, मेरे कवि, जिन्हें तूने नहीं जाना···उन व्यर्थ कामनाओं के गीत लिखना, मेरे कवि, जो कभी तेरे हृदय में नहीं आईं।···"

"दीदी, दीदी···मेरी प्यारी दीदी, अपने-आपको यों न

धुलाओ।…” तारा ने अशू को अपनी बांहों में कस लिया।

“मुझे एक बार जल लेने दो, तारा! फिर मैं बुझे हुए दिये की तरह खामोश हो जाऊंगी…कोई शिकवा नहीं…कोई शिकायत नहीं होगी, तारा…फिर कभी नहीं बोलूंगी।…” और अशू बिलख उठी।

“राजेन्द्र बाबू आए हैं।” दासी ने आकर कहा।

“मेरे पास कोई न आए, कभी न आए, मैं किसीसे मिलना नहीं चाहती।” अशू जैसे तड़प उठी हो।

सात

अशू के घर लोग प्रायः आते रहते थे। कभी किसी कॉलिज के प्रोफेसर या किसी स्कूल की साहित्यिक सभा के विद्यार्थी अपने कॉलिज या स्कूल के वार्षिक ज़लसे में बुलाने के लिए आते। कभी शहर की साहित्यिक तथा सांस्कृतिक संस्थाओं के कार्यकर्ता त्योहारों-उत्सवों के अवसर पर आयोजित समारोहों में आमन्त्रित करने आते। कभी क्लबों के सदस्य और कर्मचारी अपने विशेष दिवसों के कार्यक्रमों में सम्मिलित होने की प्रार्थना लेकर आते।

पर आज जो व्यक्ति अशू से मिलने आया, उसकी आयु से तो अशू ने उसे एक विद्यार्थी समझा, पर शक्ल से वह अशू को एक गम्भीर व्यक्ति जान पड़ा।

आते ही सबसे पहले उसने अशू को सम्बोधन करते हुए कहा, “दीदी! दीदी! आप बड़ी-बड़ी जगहों पर गाती हैं, बड़े और अमीर लोगों की सभाओं में; पर आज आपको हमारे साथ मिलकर देश के साधारण लोगों के लिए गाना पड़ेगा।”

अशू को लगा, मानो आगन्तुक उसका छोटा भाई हो, सगा भाई। न उसका मुख अपरिचित-सा था, न उसकी बोली में परायापन

था। कानों में उतरता-उतरता 'दीदी' शब्द अशू के दिल में उतरता जा रहा था। इससे पहले कभी किसीने यों नहीं बुलाया था। उसने कभी किसी बुलानेवाले के मुख पर इतनी अम्लानता भी नहीं देखी थी और न उसे किसीका स्वर इतना मधुमिश्रित प्रतीत हुआ था।

अशू के चुप रहने से कहनेवाले को लगा कि जो कुछ उसे कहना था वह अभी नहीं कह सका है।

"दीदी, मुझे सलाम कहते हैं।"

"सलाम!"

"जो लोग हिन्दुस्तान छोड़कर नहीं जा सके, मैं उनमें से हूं।"

अशू को अपने देश का विभाजन याद आ गया। उस समय जो तूफान आया था उसकी याद से अशू कांप गई।

"आप और आपके घर के लोग यहीं रहते हैं, दिल्ली में?"

"मैं लुधियाना का रहनेवाला हूं। मेरी मां वहां रहती थीं, अकेली। लेकिन मैं अपनी सभा के काम की वजह से दिल्ली रहता था, और मां मेरी···मां···" सलाम चुप हो गया।

"अब वे दिल्ली आ गई हैं?"

"नहीं, दीदी···नहीं। आप तो जानती ही हैं, हमारे यहां के लोग पागल हो गए थे।···"

"उन्होंने···"

"उन्होंने मेरी मां को—अपने देश की एक मां को—मार डाला।···"

अशू इस नवयुवक के पत्थर-से कलेजे को चकित देखती रही। कितनी ही देर बाद बोल सकी:

"आप फिर भी हिन्दुस्तान छोड़कर नहीं गए?"

"कहां जाता, दीदी? दूसरी तरफ भी तो लोगों ने अपने देश की मां को इसी तरह मारा था।···"

"कितना साहस किया आपने!"

"यह मेरा इम्तहान था, दीदी, मेरे मनुष्य होने का इम्तहान; और मैं इसमें फेल नहीं हुआ।"

अशू कुछ बोल नहीं सकी। उसे लगा, आज पहली बार उसने एक मनुष्य देखा है।

"हमने दीदी, जनता के लिए जनता की एक सभा बनाई हुई है।"

"आप जैसे और भी व्यक्ति हैं?"

"मैं तो कुछ नहीं, दीदी! मुझमें तो कई कमज़ोरियां हैं; पर मैं अपने डाक्टर दादा से हमेशा सीखने की कोशिश करता हूं।...."

"डाक्टर दादा?"

"हमारी सभा उन्होंने ही बनाई है। वे हमारी सभा की जान हैं, हमारी सभा उन्हींका दूसरा नाम है।...."

"बड़े अच्छे आदमी होंगे।...."

"मनुष्य में मेरा विश्वास न रहता, अगर मैं डाक्टर दादा को अपनी इन आंखों से न देख लेता।"

"आपकी सभा का काम क्या है?"

"सोचते हैं, मनुष्य आप जीना सीखे, और औरों को जीने दे।"

अशू आश्चर्य-चकित थी।

"आप अपने ही लोगों के लिए गाएंगी न, दीदी?"

अशू नहीं जानती थी उसके अपने लोग कौन थे। जिन लोगों को उसने आज तक देखा था, वह उसके लोग नहीं थे, उसके अपने लोग नहीं थे।

अशू ने कहा, "मैं आपके लिए गा सकती हूं, आप जैसों के लिए गा सकती हूं।"

सलाम के मुंह पर रौनक आ गई; और फिर संभलकर उसने

कहा, "अगले हफ्ता हम पंजाब के एक गांव में जलसा कर रहे हैं। वहां के मज़दूरों और किसानों के बीच हम बैठेंगे, हम उनके लिए गाएंगे, उनके अधिकारों के लिए गाएंगे···वे अपने अधिकारों के लिए उठेंगे···उनकी ज़मीनें उनको लौटेंगी···और, दीदी, रक्त चूसनेवाले साहूकार अब उनके हाथ की रोटी नहीं छीन सकेंगे। देश को स्वतन्त्रता मिली है, पर केवल हस्तान्तरण से तो कुछ नहीं होता, दीदी, जब तक कि उन हाथों के काम न बदलें···लोगों का रंग गोरा हो या काला, जनता को क्या! जनता का लहू लाल है, शुद्ध है··· उस लहू को बचाना होगा, दीदी!···"

अशू ने आंखों में ढुलकते हुए आंसू संभाल लिए और बोली, "आप जहां कहेंगे, मैं गा दूंगी···"

"धरती के गीत···धरती के बेटों के गीत···उनकी किस्मत के गीत···" सलाम ने कहा; और फिर कागज़ों पर लिखे हुए तीन गीत अशू को देकर बोला, "ये गीत हमारे दादा ने लिखे हैं।···"

अशू ने गीत ले लिए।

"इन गीतों में जान पड़ जाएगी, दीदी, जब आप इन्हें गाएंगी।"

"मैं ज़रूर गाऊंगी।"

छठे दिन सभा की लारी जिस समय नीलोखेड़ी पहुंची, वहां लोगों ने पहले से ही एक खुले मैदान में दरियां बिछा रखी थीं, कई तख्त जोड़कर एक ऊंचा मंच बनाया था, गांव के रास्तों पर छिड़काव किया था। लोगों के चेहरे चमक रहे थे।

लारी में बैठी हुई अशू रास्ते में सलाम से पूछती आई थी, "डाक्टर दादा साथ क्यों नहीं आए?···क्या पहले ही पहुंच गए हैं?···कैसे हैं वे?···बहुत अच्छा बोलते हैं?···लोग मन्त्रमुग्ध हो जाते हैं?···पर वे दस-बीस-पचास आदमियों के साथ मिलकर क्या कर सकेंगे?···"

फिर अशू ने सैकड़ों लोगों को दरियों पर बैठे हुए देखा और फिर एक व्यक्ति मंच पर आया।

···अशू सब कुछ न तो सुन सकी, न समझ ही सकी। पर जितना कुछ उसने सुना वह भूमि पर किसानों की अपनी मिल्कियत के सम्बन्ध में था। पर अशू को विश्वास नहीं होता था कि किस प्रकार बरसों, सदियों के पड़े हुए जागीरदारी के जुए लोगों के कन्धों पर से उतर जाएंगे···अशू यह सब बात कहनेवाले का मुंह ताक रही थी, डाक्टर दादा का मुंह···वह एक पतला, तीखा और सांवला, किन्तु लोहे जैसा मज़बूत मुंह था···और फिर अशू ने सैकड़ों सुननेवालों के मुंह देखे। सब मुखों पर यह विश्वास दीख रहा था कि यह जो कुछ कहा जा रहा है, होकर रहेगा, निश्चित रूप से होकर रहेगा।··· फिर भी अशू की समझ में कुछ नहीं आया। पर उसे डाक्टर दादा का लोहे जैसा मज़बूत मुंह अच्छा लगा; और किसानों और खेती के मज़दूरों का उनपर विश्वास अच्छा लगा।

फिर अशू ने सैकड़ों सुननेवालों के विश्वासपूर्ण मुंह के सामने खड़े होकर गाया :

मेरा हिन्दुस्तान···

सभा के सात नौजवान अशू के पीछे खड़े हुए थे। उन्होंने इस बोल पर अपनी आवाज़ें भी साथ मिलाईं और आकाश में ये शब्द गूंज उठे:

मेरा हिन्दुस्तान···
जाग उठे धरती के बेटे
जाग उठा वरदान
जाग उठी पूरब में लाली
जाग उठा इन्सान···

और अशू को लगा सामने बैठे हुए सैकड़ों सुननेवालों में इन्सान

जाग उठा है···

कितने ही लोग गा रहे थे, कितने ही रो रहे थे। जिस समय अशू तालियों की गूंज में मंच से नीचे उतरी, सलाम ने बच्चों की भांति अपनी दोनों बांहें अशू के गिर्द डाल दीं, "मेरी दीदी!"

सलाम की आंखें आंसुओं से भरी हुई थीं।

डाक्टर दादा ने अपना दाहिना हाथ अशू के सिर पर रखा और एक क्षण के लिए अशू को लगा, मानो डाक्टर दादा का लोहे जैसा मज़बूत मुंह पिघल सकता हो···फिर डाक्टर दादा परे चले गए, फिर उनका मुंह उसी तरह मज़बूत···लोहे की भांति मज़बूत दिखाई दे रहा था।

एक बुढ़िया ने अशू को एक कटोरा दूध लाकर दिया। कांसे का चौड़ा चमकता हुआ कटोरा दघ मे लबालब भरा हुआ था। न जाने उस स्त्री का घर कहां था और वह किस प्रकार अपने बूढ़े पैरों से दौड़कर कटोरा भरकर ले आई थी—"अपनी बुढ़िया मां के हाथ से पी ले, बेटा!···जीती रह!···" और बुढ़िया की आंखें भर आईं।

अशू को बड़े शहरों के क्लब याद हो आए···जहां लोग भुने हुए मांस के साथ शराब के लम्बे घूंट भरते और हंसते बातें करते हुए देश के कलाकारों के गीत सुनते हैं। और यहां सामने खड़ी हुई यह बुढ़िया दिखाई दे रही थी जो उसका गीत सुनकर शुद्ध दूध का कटोरा भर-कर ले आई थी···अशू ने कटोरे को चूमकर सारा दूध एक सांस में पी लिया।

आठ

"मेरी दीदी!···" तारा ने आकर अशू के गले में अपनी बांहें डाल दी।

"तारा!···"

"मैंने कॉलिज में लाइब्रेरियन की जगह नौकरी कर ली है।"

"पर तारा, तुम्हें तो बड़ी नौकरी मिलने की उम्मीद थी।"

"हां, दीदी···मैं ही कल उस नौकरी को छोड़कर आ गई हूं।"

"क्यों, तारा?"

"दीदी, आप जीत गई हैं, मैं हार गई हूं।"

"वह कैसे, तारा?"

"आपको याद होगा, दीदी, एक बार हमने आपस में सोचा था, मैं विषकन्या बनूंगी, आप विषलयकरणी।···"

"हां।···"

"मुझमें विष तो बहुत है, पर मैं विषकन्या नहीं बन सकी।"

"वह क्यों तारा?"

"बहुत बड़ी फर्म की नौकरी थी, काम भी खास कुछ नहीं था। मैं उस फर्म में रिसेप्शनिस्ट हो जाती, तनखाह भी अच्छी थी। परसों शाम उस फर्म के मालिक ने मुझे मेरा कमरा, मेरी मेज़, मेरा टेली-फोन, सब मुझे दिखाया था। दो घण्टे बैठकर मैंने काम भी समझा। फिर मालिक ने कहा कि वह मुझे अपनी कार में मेरे होस्टल छोड़ आएंगे।"

"फिर?"

"और मोटर में मेरा हाथ पकड़कर बोले—आज ठंड तो बहुत है, पर तुम्हारा हाथ पकड़कर ठंड नहीं लगती।···"

"फिर?···"

"वह मेरा हाथ पकड़े रहे। मैंने कुछ नहीं कहा। फिर उन्होंने सौ-सौ के दो नोट मेरे बटुए में डाल दिए—तुम्हारी तनखाह में से पेशगी हैं।···"

"फिर?"

"फिर उन्होंने कहा—तनखाह की कोई बात नहीं, तुम्हें जितने पैसों की ज़रूरत हो ले लिया करना।···"

"फिर?"

"कुछ नहीं दीदी, मेरे भीतर जो ज़हर है वह मेरे हाथों में खौलने लगा और मैंने सोचा कि मैं अपने हाथों का सारा ज़हर उसे पिला दूं, पर दीदी!···"

"तारा!"

"मैं विषकन्या नहीं बन सकती···नहीं बन सकती।···"

"मेरी तारा!"

"जब मेरा होस्टल आ गया तब मैंने सौ-सौ के दोनों नोट उनकी कार में रख दिए और उनकी नौकरी उन्हें लौटा दी।···"

"मैं जानती थी, तारा, तुम विषकन्या नहीं बन सकतीं···कभी नहीं बन सकतीं··· !"

"पर मैं अपने विष से इन सब पुरुषों को डस लेना चाहती हूं, दीदी!"

"तारा···मेरी तारा···"

"मेरे जीवन की डाली पर विष-भरे फल क्यों नहीं लगते दीदी···मेरा जी करता है कि सैकड़ों, हज़ारों, लाखों आदमी मेरे विष में तड़पें।···"

"नारी की डाली पर विष के फल नहीं लगते, तारा! वह जल की बूंद की कमी के कारण सूखते-सूखते सूख जाएगी, दुनिया की आरी से टुकड़े-टुकड़े हो जाएगी, पर उसके भीतर की प्रेमिका नहीं मर सकती।···"

"आप जो चाहे कहें, दीदी! आज मैं आपसे बहस नहीं करूंगी··· मन में एक प्रकार की शान्ति आती जाती है।···"

शहर के समाचारपत्रों में थोड़ा-थोड़ा ज़हर घुलने लगा। जब कहीं किसी सभा में अशू गाती और दूसरे दिन उस सभा के कार्य का समाचार प्रकाशित होता तो उसमें अशू के विरुद्ध कुछ न कुछ अवश्य होता।

पहले तो केवल यही लिखा हुआ होता कि अशू का गाना लोगों को इसलिए अच्छा नहीं लगा था कि उसने अच्छा गाया था बल्कि इसलिए कि कलाकार देखने में सुन्दर थी। फिर इस सुन्दरता के उल्लेख के साथ अशू के चाल-चलन पर आरोप लगाते हुए लिखा जाने लगा, और फिर अशू के स्वरों को लेकर नुक्ताचीनी की जाने लगी और फिर यह नुक्ताचीनी अत्यन्त भद्दे शब्दों में होने लगी।

सलाम हाथ में अखबार लेता तो उसका चेहरा गुस्से से तमतमा उठता, अखबार को मरोड़ते हुए वह अपने वश में न रहता।···

"यह सब बड़ा दुःखदाई है···बड़ा दुःखदाई···हमारे देश में तो नारी होना पाप है, और फिर एक कलाकार नारी।···और सलाम, मैंने बड़ी दिलेरी की थी। मैंने राजेन्द्र के वहशी हाथों को अपनी ओर बढ़ने से रोका था, उसके हाथ मुझसे अब इतना बदला भी न लें?···वह पुरुष है···और हमारे देश में पुरुष मनमानी कर सकता है···वह जर्नलिस्ट है, अखबार उसके हाथ में है, उनके हाशिए क्यों न काले हों···"

आंखों में आते आंसुओं को तो अशू संभाल लेती थी, पर अपने हाथों के विवश कम्पन को नहीं छिपा सकती थी।

"मेरी दीदी!···" सलाम अपनी दीदी के कांपते हाथ पकड़ लेता।

"मेरी वजह से तुम्हारी सभा की कार्रवाइयों की भी बुराई की जाएगी। तुम अच्छा करोगे जो मुझे अपनी सभाओं में न गवाओगे; और मैं तो लोगों का कुछ सुधार भी नहीं कर सकती,तो फिर बिगाड़ क्यों करूं?···तुम्हारी सभा बड़े अच्छे लोगों की संस्था है···उसे लोगों

के लिए बहुत कुछ करना है।···" एक दिन अशू ने कहा।

"दीदी! जिस दिन मेरी सभा में मेरी दीदी की कला को कला नहीं समझा जाएगा, जिस दिन मेरी सभा में नारी से सम्बन्धित मूल्य गलत हो जाएंगे, मैं उस दिन सभा को छोड़ दूंगा।···"

"डाक्टर बाबू क्या कहते होंगे!"

"डाक्टर बाबू मनुष्य नहीं, दीदी, देवता हैं। जिस समय हमारे अखबार उन्हें गालियां देते थे, वे इस तरह हंस दिया करते थे मानो उन गालियों की आवाज़ उनके कानों तक पहुंच ही न सकती हो··· वे मामूली ताकत के आदमी नहीं हैं···वे क्या नहीं कर सकते··· हमारे चेहरे जब गुस्से से लाल हो जाते थे, वे हमें दूर गांवों में भेज देते थे और ऐसे कठिन काम सौंप देते थे जिनके पूरा हो जाने पर सफलता के नशे में हम अपना गुस्सा पी जाते थे···पर कल के अखबार में जब उन्होंने आपके बारे में पढ़ा तब पहली बार हमने उनके चेहरे पर गुस्सा देखा; और फिर बड़ी देर तक वे किसीसे नहीं बोले। कल रात उन्होंने मुझसे कहा—"अशू से कहना, घबराए नहीं। सूरज की किरण को दाग नहीं लगा करता।"

···और फिर न जाने कैसे···अखबारों का ज़हर उगलना कम होता गया, पहली-सी खामोशी हो गई, और फिर ज़हरीली हवा के स्थान पर भीनी-भीनी महक फैलने लगी।

अशू अकेली थी, अविवाहित थी और उसके जीवन की नरम डाली को कभी-कभी धमकियां झकझोर जाती थीं।

ये धमकियां नये-नये ढंग से आतीं, पर आती राजेन्द्र की ही ओर से थीं। कभी सन्देशा मिलता, 'मैं तुम्हारे ऊपर एक उपन्यास लिख रहा हूं, उसमें देखना क्या-क्या लिखूंगा।···' कभी सुनने में आता, 'इस शहर का एक-एक अखबार तुम्हारे खिलाफ लिखेगा···तुम्हारी मां एक वेश्या की लड़की थी···शहर के बच्चे-बच्चे को इस बात

का पता चल जाएगा।...'

इधर पिछले कुछ महीनों से अशू के जीवन की नरम डाली निश्चल रही थी। कोई नई धमकी नहीं आई थी। अशू को लगता था, उसके जीवन की नरम डाली पर डाक्टर बाबू के मज़बूत और पवित्र हाथों ने छाया कर दी है।

और एक दिन जब अशू अपनी मां की डायरी पढ़ रही थी, उसमें उसने फिर पढ़ा :

"दुनिया में भले लोग बहुत नहीं होते। पर जितने भी होते हैं, उन्हींके नाते कभी किसीको बुरा मत कहना। एक व्यक्ति भी जो तुम्हें अच्छा लगता है, उसीकी खातिर उन सबको क्षमा कर देना जिन्होंने तुम्हारा अहित किया है। आखिर उन्हीं बुरों की दुनिया ने ही तुम्हारा एक 'अच्छा' तुम्हें दिया है।..."

अशू का अन्तःकरण एक प्रकार की शान्ति से आप्लावित हो उठा।

नौ

आज अशू की रिकार्डिंग थी। ग्रामोफोन कम्पनीवालों ने अपने सब कलाकारों की अपेक्षा बहुत अधिक पारिश्रमिक देकर अशू को बुलाया था। अशू की आवाज़ उन्हें बहुत अच्छी लगी थी। आज उन्हें अपने ऊपर गर्व था कि अशू को खोजकर उन्होंने कला के गगन में एक नक्षत्र को चमका दिया था।

"आपका गीत तो हमें पसन्द है, पर जब तक हमें इसके लिखने-वाले की इजाज़त न मिले, हम रिकार्ड नहीं कर सकते।"

"मैंने लेखक का नाम आपको बता दिया था।"

"हमने बहुत कोशिश की, पर हमें उसका कोई पता नहीं चला

कि वह कहां है।"

"फिर?..."

"अपने पास से हम गीत देते हैं, आप गा दीजिए।"

"मैं गा तो दूंगी, लेकिन...अगर आप यही गीत..."

"हमें कोई आपत्ति नहीं, लेकिन अगर लिखनेवाले ने आपत्ति की तो हमें हर्जाना देना पड़ेगा।"

"और अगर उसे कोई आपत्ति न हो?"

"यह हम कैसे कह सकते हैं। हां, आप हमें लिखकर दे दीजिए कि अगर हमारी कम्पनी को हर्जाना देना पड़ेगा तो उसकी ज़िम्मेदार आप होंगी।"

"हां, मैं लिख दूंगी।"

"तब हमें कोई आपत्ति नहीं। आप अपनी मर्ज़ी का गीत गा सकती हैं।"

अशू का जी भर आया।

'आज मैं तुमपर गर्व कर लूं, राजन!' और अशू ने कम्पनी को लिखकर दे दिया कि इस गीत का लेखक गीत के गाए जाने पर यदि कोई आपत्ति करेगा तो उसके हर्जाने की ज़िम्मेदार वह होगी।

अशू गाने के कमरे में चली गई। कम्पनी के साज़िन्दे अशू का स्वरज्ञान देखकर बहुत खुश हुए। जब उन्हें किसी ऐसे कलाकार की संगत करनी पड़ती थी तब उनके गज़ और उनकी मिज़राब अपने-आप ही स्वर में लीन हो जाती थीं। गीत के आरम्भ का वाद्यसंगीत उन्होंने सचमुच ऐसा सजीव रचा मानो साज़ स्वयं गीत को मुखर कर रहे हों। अशू ने गीत की अस्थायी उठाई:

लिख जा मेरी तकदीर को...
लिख जा मेरी तकदीर को, मेरे लिए।

मैं जी रही तेरे बिना, तेरे लिए।
लिख जा मेरी तकदीर को···

गीत लिखनेवाले ने 'मैं जी रहा तेरे बिना' लिखा था, अशू ने 'जी रहा' को 'जी रही' कर लिया था।

आज अशू का गला सोज़ से भरपूर था। 'वह तो इस गीत की पीड़ा को जानता होगा जिसने यह गीत लिखा है। पर लगता है, उसने गीत लिखा तो है, पर उसकी पीड़ा को नहीं पहचाना है। लेखनी उसकी थी, पर इस गीत के बोल मुझपर बीत गए हैं।' अशू के मन में विचार आए।···फिर उसने अन्तरे के बोल उठाए:

उम्र-भर का प्यार बे-आवाज़ है,
हर मेरा नग़मा मेरी आवाज़ है।
हरफ मेरे तड़प उठते इस तरह
रात-भर तारे हैं जलते जिस तरह···

यहां संगीत का एक टुकड़ा वायलिन ने और एक बांसुरी ने उठाया, और फिर अशू ने अगला अन्तरा गाया:

उम्र मेरी बेवफा अब चुक रही
तेरे लिए बेचैन हूं ओ निर्दयी
स्वप्न की दुनिया बसा, आजा ज़रा
रात बाकी है बहुत, न जा ज़रा।

और फिर अशू ने अस्थायी दोहराई:

लिख जा मेरी तकदीर को···
लिख जा मेरी तकदीर को, मेरे लिए
मैं जी रही तेरे बिना, तेरे लिए
लिख जा मेरी तकदीर को···

रिकार्डिंग समाप्त हो गई। अशू पर चारों ओर से प्रशंसा की बौछार होने लगी। पर अशू मानो अपने पूरे होश में नहीं थी। उसके

चुप होंठों पर ये शब्द कांप रहे थ, 'मैं जी रही तेरे बिना, तेरे लिए।'

थकान अशू के मुख पर स्पष्ट दीख रही थी। कम्पनीवालों ने उसे ड्राइंगरूम में बिठा दिया और उसके लिए चाय भिजवा दी।

अशू ने अभी पहली ही घूंट भरी थी कि किसीने दरवाज़ा खट-खटाया और परदा हिलाकर पूछा, "मैं दो मिनट के लिए आ सकता हूं?"

"आ जाइए।"

"आपने बहुत अच्छा गाया है।"

"शुक्रिया।"

"आप मुझे नहीं जानतीं, मैं आपको थोड़ा-सा जानता हूं। मेरा नाम वसुदेव है।"

"मैंने आपका नाम सुना है।"

"मैं गाता हूं।···"

"आपकी रिकार्डिंग है आज?"

"आज नहीं कल। आज रिहर्सल है।"

"आपके तो पहले भी रिकार्ड होंगे?"

"जी हां। आपने नीरा का नाम सुना है?"

"सुना तो है।"

"मैंने बहुत-से गीत उसके साथ गाए हैं। असल में उसीने मुझे कलाकार बनाया था। हम दोगाने गाते थे। मैं उसके बगैर गा नहीं सकता था।"

"अब गा लेते हैं!"

"हां···अब तो गाता हूं।"

"वह नहीं गाती?"

"मेरे साथ नहीं गाती।" वसुदेव ने कहा। अशू कुछ पूछना

चाहती थी, पर चुप रही।

"असल में वह मुझसे नाराज़ हो गई है···नाराज़ तो नहीं कहना चाहिए···वह तो नाराज़ नहीं हुई···उसके बाप ने मना कर दिया है···असल में हम···"

अशू चुप रही।

"मैं बहुत बातें करता हूं।···" वसुदेव ने ठहरकर कहा, "मैंने आपका नाम सुना था, जी चाहा कि देख लूं।···"

"मेरा नाम? मैं तो आज पहली बार इस कम्पनी में आई हूं।"

"आप राजन को जानती हैं न? राजन, जो गीत लिखता है।···"

"राजन?"

"वह मेरा दोस्त है।"

"वह कहां है?"

वसुदेव मुस्करा दिया, "असल में हम एक ही बार मिले हैं; न उसके पहले कभी मिले, न बाद में। फिर भी उसे मैं अपना दोस्त कह सकता हूं। मैं एक दिन वोल्गा में बैठा हुआ था···आप शायद जानती नहीं, मैं बहुत ड्रिंक करता हूं।···"

अशू देखती रही, देखती रही। वह कुछ न बोल सकी। वसुदेव ने फिर कहना शुरू किया, "वहां किसी दोस्त ने उसे मेरा नाम बताया और कहा कि बहुत अच्छा गाना गाता हूं···वह अपनी टेबल से उठकर मेरी टेबल पर आ गया। मैं उस दिन अकेला था। हम बातें करते रहे और पीते रहे।"

"वह यहां आया था, दिल्ली?"

"हां।"

"वह ड्रिंक करता है?"

"हां, बहुत करता है। उस दिन तो बहुत पी थी। रात बहुत जा चुकी थी। वह मुझसे पूछने लगा, 'तुम क्यों गाते हो?' मैंने उसे नीरा की कहानी सुनाई। फिर यही सवाल मैंने उससे किया, 'तुम गीत क्यों लिखते हो?' "

"उसने क्या कहा?"

"वह आपसे प्रेम करता है।"

"मुझसे!"

"आपको मालूम नहीं?"

"नहीं।"

"उसने आपको कभी नहीं बताया?"

"नहीं।"

"मुझे तो उसने खुद बताया था।"

"मेरा नाम लिया था?"

"हां"

"आपको गलती हुई है।"

"आप ही का नाम है अशू?"

"हां।"

"और तो इस नाम की कोई लड़की नहीं, जो गाती हो?"

"नहीं।"

"उसने मुझे बताया था कि वह केवल दो दिन के लिए दिल्ली आया है।"

"वह शायद कलकत्ता रहता है?"

"यह तो मुझे मालूम नहीं। अच्छा फिर मिलूंगा।…"

वसुदेव चला गया। आज पहली बार अशू का जी किया कि मिलनेवाला उठकर न जाए। वह उसका कौन था? अशू का जी किया कि वह वसुदेव को पास बिठाकर उसकी बातें सुनती रहे।

'...राजन ने ऐसे कहा होगा? कोई पहली बार में ही किसीका इतना दोस्त हो सकता है? राजन शराब पीता है? इतनी पीता है? उसने मेरा नाम लिया? यह वसुदेव कौन है? इसने यह सब मुझे क्यों बताया? क्या यह सच बोलता है?...' अशू के मन में प्रश्नों की एक बाढ़-सी आ गई। प्रश्न उठते रहे, मिटते रहे; और अन्त में अशू के मन में केवल एक प्रश्न रह गया, 'राजन कहां है?'

आधे घंटे बाद अशू के दूसरे गीत की रिकार्डिंग थी। कमरे में वह अकेली ही बैठी हुई थी। उसकी पलकें कभी अपने-आप लग जाती थीं, कभी चौंककर खुल जाती थीं। राजन के कहे हुए ये शब्द रह-रहकर अशू के मन में उठ रहे थे: 'जैसे यह किरणें आईं और आकर चली गईं, इन्होंने आपको हिलाया नहीं, बुलाया नहीं, वैसे ही शायद मुझे भी चला जाना चाहिए था।...' और फिर अशू का मन रो-रो उठता: 'और राजन, तुम सचमुच चले गए?...'

कभी राजन के प्रति कृतज्ञता और कभी उससे शिकायत के भाव अशू के मन में उठते-मिटते रहे। उसके होंठ कभी फड़क उठते और कभी बन्द रहते; और अशू मन ही मन कहती, 'सूरज की किरणें आईं और चली गईं। उनके आने के पहले भी अंधेरा था, उनके जाने पर भी अंधेरा है। लेकिन अगर मैं एक दिन प्रकाश न देखती, मैं कैसे जानती अंधेरा किसे कहते हैं।...'

"रिकार्डिंग का समय हो गया है।" बाहर दरवाज़े पर आकर किसीने कहा।

"मैं अभी आती हूं।" अशू ने अपने विचार समेटे।

गाने के कमरे में चांदनी उसी तरह बिछी हुई थी। अशू तकिये का सहारा लगाकर माइक के सामने बैठ गई। अशू ने राजन की ग़ज़ल गाई। मतले का भाव इस प्रकार था:

फिर तुझे याद किया, हमने आग को चूमा,

इश्क प्याला ज़हर का,

फिर हमने एक घूंट की फरियाद की।

अशू घर लौटी, तो एक लिफाफे पर लिखे अक्षरों को देखकर जैसे अशू के पोटों में बिजलियाँ तड़प गईं:

'अगर किसी भगवान को कभी सुननी है तो आज सुन ले।'

अशू का श्वास उसके शरीर में नहीं समा रहा था। कांपती उंगलियों से उसने पत्र को खोला:

"अशूजी!

"आपने कुकनूस पक्षी का नाम तो सुना होगा। जब वह दीपक राग गाता है, वह अपनी ही आग में जलकर राख हो जाता है। आज मेरे गीत भी कुकनूस पक्षी के पंखों की भांति जल चुके हैं।

"कहते हैं, जब वर्षा ऋतु में उस राख पर लगातार वर्षा का जल बरसता है, तब उस राख में से एक नया कुकनस जन्म लेता है। अनावृष्टि से झुलसे इस जीवन में मैं बादलों की बाट देख रहा हूं। क्या मेरे गीतों की राख में से कोई नया गीत जन्म नहीं लेगा?···"

अशू की समस्त चेतनाएं भ्रांत हो गईं···'क्या यह इसी धरती की बात है···राजन का पत्र···यह कौन-सी अनोखी रात का स्वप्न है।···'

और फिर अशू तड़प उठी। लेखक ने पत्र पर अपना पता नहीं लिखा था। यह कितना ज़ुल्म है···राजन पत्थर है···नहीं, नहीं, राजन पत्थर नहीं···राजन ने लिखा है: अनावृष्टि से झुलसे इस जीवन में मैं बादलों की बाट देख रहा हूं।···बादल···मेरी दोनों आंखें बादल बन जाएंगी, राजन!···' और न जाने अशू के मन में और क्या-क्या वलवले उठे।

फिर अशू ने लिफाफे को बड़े ध्यान से देखा। लिफाफे पर कल-

कत्ता की नहीं, बम्बई की मुहर थी। अशू की समझ में कुछ न आया।

दस

आज की सी व्याकुलता अशू ने पहले कभी अनुभव नहीं की थी। अपने विकारों को संभालने की वह चेष्टा करती थी, पर आज वह विवश थी। उसके शहर में आज छः तारीख से लेकर आठ तारीख तक तीन दिन के लिए देश-भर के लेखकों का एक सम्मेलन हो रहा था; और आज उसने उड़ती-उड़ती खबर सुनी थी कि राजन उस सम्मेलन में आया है। 'वह सचमुच आया है?' 'कहां ठहरा है?' 'वह अपने-आप मिलने आएगा?' कितने ही प्रश्न अशू के दिल की धड़कन के साथ मिल गए थे। उत्तर किसी भी प्रश्न का नहीं आता था; और अशू व्याकुल थी।

आखिर उसने अपने तानपूरे को सुर किया और कमरे के सारे दरवाज़ों को परदों से ढककर अपने-आपको एकाग्र करने लगी। उसके कंठ से गीत के स्वर निकले, जिसका भाव इस प्रकार था:

मन, तू भी लौट आ।
सांझ हो गई है, सब पंछी लौट आए हैं।
मन, तू भी लौट आ।
सबके दिलों में घर की याद लौटी तो पंख भी लौट चले।
नयनों में नींद भी लौटी, सब कुछ लौटने लगा।
मन, तू भी लौट आ।
धरती ने करवट बदली है, दिन भी रात में बदल गया है।
ऐ बावरे मन, तूने क्यों अपना नीड़ बिसार दिया है।
मन, तू भी लौट आ।

'मन, तू भी लौट आ ··· मन, तू भी लौट आ।' अशू का हृदय चीख उठा। सहसा तानपूरे का एक तार टूट गया।

'पंचम का तार टूट गया···मेरा गीत···मेरा मन···मेरा बावरा मन नहीं लौटता···मेरा पंछी अपना नीड़ भूल गया है··· मेरा बावरा पंछी···मेरा पंछी···' अशू जैसे बिलख उठी।

धीरे से दरवाज़े पर खटखट हुई, "दीदी, आ जाऊं?"

"कौन, तारा तुम?"

"हां, दीदी!"

"पंचम का तार टूट गया है, तारा!"

"मैं नया तार ले आती हूं, दीदी! पंचम का स्वर फिर जाग उठेगा।"

"नहीं तारा, मुझे यह गीत गाते कई बरस हो गए हैं। हर रोज़ जब सांझ होती है और पंछी अपनी डारें बांध लेते हैं, मैं यह गीत गाती हूं। मेरा नीड़ बर्बाद हो गया है, तारा, मेरा पंछी नहीं आया। सातों स्वरों को मैं किधर से ही क्यों न छेड़ूं, कोई भी राग क्यों न हो, पर उनमें गीत केवल एक ही गूंजता है!"

"दीदी! मेरी दीदी!"

"मैं और कितने बरस यह गीत गाती रहूंगी? तानपूरे के तार कई बार टूटे और मैंने नये तार डाल लिए। मेरा गीत कभी भी पूरा नहीं हुआ···मेरा मन···"

"लो दीदी! यह नया तार मैंने अलमारी में से निकाला है। तानपूरे का कोई भी तार टूटा हुआ नहीं रह सकता। लाओ, मैं नया तार डाल दूं।"

"अच्छा, तारा! पंचम का स्वर फिर जाग उठेगा। मैं फिर यही गीत गाऊंगी। मैं फिर अपने पंछी को आवाज़ दूंगी—मन बावरे···"

तारा ने तानपूरे में नया तार डाल दिया था। अशू ने तारों को सुर किया, और फिर गाने लगी।

अशू गाते-गाते रो दी, "मेरा पंछी नहीं लौटता, तारा! वह कभी नहीं लौटेगा, वह कभी नहीं लौटेगा। मेरा पंछी···मैं खाली नीड़ को क्या करूं।···"

अशू ने तानपूरे के तार ढीले कर दिए।

"यह क्या किया, दीदी!"

"मैंने तानपूरे के सब तार खोल दिए हैं।"

"दीदी, तुम्हें क्या हो गया है?"

"वह मेरी आवाज़ नहीं सुनता, तारा! वह मेरी आवाज़ नहीं सुनता। पुकारते हुए मुझे कई बरस हो गए हैं। एक रात भी ऐसी नहीं आई जब मेरे मन का पंछी अपने नीड़ में बैठा होता। मेरा कोई गीत मेरी आवाज़ नहीं बनता···मैं गा-गाकर थक गई हूं, तारा!"

उस रात तारा अपने होस्टल नहीं गई। अपने साथ उसने अशू को खाना खिलाया और फिर बिस्तर पर बैठकर कितनी ही देर तक उसे गाकर सुनाती रही। अशू के हाथों को धीरे-धीरे दबाती भी रही। और जब उसने अपने प्रयत्नों से अशू की आंखों में नींद भर दी तब उसीके बिस्तर पर पैताने की ओर चादर ओढ़कर सो गई।

अशू के स्वर मानो उसका गीत बन गए। उसका गीत मानो उसकी आवाज़ बन गया और उसकी आवाज़ मानो उसकी पुकार बन गई। अगली शाम सचमुच राजन उससे मिलने आ गया।

अशू के शरीर को जैसे किसीने कील दिया हो। अपनी आंखों पर जैसे उसे विश्वास न हो। अपने कानों पर जैसे उसे विश्वास न हो। "कब आए आप?" अशू के होंठों में से यह शब्द इस प्रकार निकले जैसे पानी की एक लहर किनारे को छूकर लौटे और किनारे

की मिट्टी हल्की-सी कांप उठे। "कल।" राजन ने एक क्षण के लिए अशू के दाहिने हाथ को अपने दोनों हाथों में ले लिया और फिर कुर्सी पर बैठ गया।

"कलकत्ता बहुत अच्छा शहर है?"

"अब कलकत्ता में नहीं हूं।"

"कलकत्ता नहीं?···"

"कोई दो साल हुए गुणीता ने एक लेफ्टिनेंट कर्नल से ब्याह कर लिया था।···"

"ब्याह?" अशू चकित हो गई।

"उसने मुझसे तलाक मांगा था, मैंने दे दिया।"

"तलाक?"

"वास्तव में उसने मेरे साथ ब्याह करके ही भूल की थी। मैं उसकी सोसाइटी में फिरने के योग्य नहीं था···फिर मैंने वह नौकरी भी छोड़ दी···वह शहर भी छोड़ दिया।" राजन ने यह बात सहज भाव से कही मानो यह कोई बड़ी साधारण बात हो। फिर राजन अशू को बताता रहा कि वह कभी किसी शहर में रहा, कभी किसी शहर में। कभी किसी समाचारपत्र में नौकरी कर ली, कभी किसी में। कई महीने वह खाली भी रहा और फिर कुछ महीने उसे दिन में एक समाचारपत्र में तो रात को दूसरे समाचारपत्र में काम करना पड़ा था। कुछ ऐसे दिन भी आए थे जब भरी सर्दी में उसके पास ओढ़ने को लिहाफ तक नहीं था।···

"आपने मुझे एक पेन दिया था।" अचानक राजन ने कहा।

अशू का मन उसके सारे शरीर में धड़क गया और अपनी उंगलियों के पोटों की ठंडक वह स्वयं महसूस करने लगी।

"बहुत बरस तक मैंने उसे संभालकर रखा था।···"

"फिर?"

"फिर एक रात मैं सो रहा था, शायद किसीने मेरी कमीज़ में से निकाल लिया···या कहीं गिर गया।···"

अब अशू ने राजन को एक नज़र भरकर देखा। सचमुच राजन पहले से भी बहुत दुबला हो गया था।

"आपने मुझे एक पत्र लिखा था।"

"हां।"

"बम्बई की मुहर थी।···"

"हां।"

"अपना पता आपने क्यों नहीं लिखा?"

"सोचता था, न जाने आपके जीवन में मेरे पत्र के लिए स्थान हो या न हो···या पत्र का उत्तर आए या न आए···अगर उत्तर न आया···और फिर इसी डर से मैंने अपना पता नहीं लिखा कि उत्तर की आशा ही न रहे।···"

अशू ने अपनी भीगी पलकें नीचे झुका लीं।

"एक बात पूछूं?" अशू ने ठहरकर कहा।

"हां।'

"क्या फिर चले जाएंगे?"

"मैं केवल एक दिन के लिए आया हूं।"

"फिर इतने ही बरस नहीं आएंगे क्या?"

"आप जब बुलाएंगी, आ जाऊंगा।"

"आप नहीं आएंगे।"

"एक बार बुलाकर तो देखिए।"

"आप आएंगे?"

"मैं सदा के लिए आ जाऊंगा।···"

अशू हैरान थी—हैरान थी कि उसने राजन के यह शब्द अपने कानों से सुने। और उसे लगा कि हैरानगी से उसके होंठ जम गए हैं

और अब वह बात नहीं कर सकते।

शाम को पांच बजे उनकी सभा आरम्भ होनी थी और राजन का भाषण सबसे पहले था। साढ़े चार बज गए, तो राजन उठ खड़ा हुआ।

"कल आप..." अशू आगे न कह सकी।

"कल?...अच्छा, आऊंगा।"

"सवेरे?"

"हां।" और राजन चला गया।

रात काटे नहीं कट रही थी। आज अशू का हर सांस घड़ी की टिक-टिक के साथ मिला हुआ था...और ज्यों-ज्यों सांस तेज़ होती जाती थी, अशू को लगता था कि घड़ी की टिक-टिक धीमी होती जा रही है।

सबेरे जैसे-जैसे सूरज ऊंचा होता जाता था, अशू को लगता था कि उसका सांस घुटता जाता था।

'कोई ऐसे भी किसीकी प्रतीक्षा करता होगा।...' आप ही अशू के होंठ फड़के और आप ही उसकी आंखें सजल हो गईं।

आखिर राजन आ गया। "मैं रात देर से सोया था, इसलिए सवेरे जल्दी नहीं उठ सका।" आते ही राजन ने कहा।

अशू ने गत रात्रि की उनींदी आंखें उठाकर एक बार राजन की ओर देखा और फिर प्यालों में चाय डालने लगी।

टिकट शायद पहले ही राजन के हाथ में था, या उसने कोट की जेब से निकाल लिया था, वह उसे अनजाने ही उंगलियों में घुमा रहा था।

"यह क्या है?"

"रेल का टिकट।..."

"सीट ले ली है?"

"हां।..."

"कब के लिए?..."

"कल सवेरे आठ बजे।..."

अशू का जैसे जी बैठ गया और चाय का घूंट मानो एक ज़िद पकड़कर उसके गले में अड़ गया।

"एक गीत गाएंगी?"

"सुनेंगे?"

"बैठा रहूंगा, सुनता रहूंगा।" राजन का गला भर आया था और ऐसा अशू ने जीवन में प्रथम बार ही देखा था।

"कितनी देर?"

राजन चुप रहा—चुप रहा—और अन्त में कुछ शब्द उसके कंठ से अनायास निकल गए, "जीवन-भर सुनता रहूंगा।" और राजन ने अपना कांपता हुआ हाथ अशू के निश्चल पड़े हुए हाथ पर रख दिया। अशू का आंचल जैसे बरसों की प्रतीक्षा से जीर्ण हो गया था। इतनी बड़ी घटना उसकी सहार के बाहर थी।

"कल सवेरे तो आप चले जाएंगे?"

"कल...हां...शायद।"

"टिकट..."

"टिकट तो वापस भी हो सकता है।" कहते हुए राजन दहलीज़ के पास पहुंच चुका था।

उस रात अशू के स्वप्न न जाने क्या-क्या देखते रहे—कभी सिगनल हो जाता और गाड़ी न आती...कभी जैसे ही वह प्लेटफार्म पर पहुंचती, गाड़ी के चल देने की आवाज सुनाई देती...कभी उसके हाथ में टिकट होता और देखते-देखते वह टिकट से प्लेटफार्म बन जाता...

सवेरे जब अशू जागी, उजाले को देखकर ऐसे घबराई मानो

उसे गाड़ी पकड़नी थी और अब देर हो गई थी।

उस दिन ही नहीं बल्कि अगले तीन दिन भी राजन रोज़ एक टिकट ले लेता और फिर गाड़ी चलने से कुछ देर पहले जाकर उस दिन का टिकट वापस कर आता और अगले दिन का ले आता। रेलवे का टिकट बाबू रोज़ कई रुपये काटकर जब बाकी पैसे वापस देने लगता तब राजन के मुख की ओर बड़े ध्यान से देखता; और फिर जब राजन अगले दिन का टिकट मांगता तब उसकी आंखें राजन के मुख पर गड़ जातीं।

"साहब, कल का टिकट न लीजिए। अगर कल जाना भी हुआ तब कोई न कोई सीट मिल ही जाएगी। ऐसे ही क्यों पैसे खराब करते हैं रोज़-रोज़।" आखिर चौथे दिन टिकट बाबू ने कह ही दिया। इससे पहले दिन भी शायद वह यही कहना चाहता था, पर कहते-कहते रुक गया था।

"नहीं, कल मैं ज़रूर जाऊंगा।" राजन ने टिकट ले लिया। उस दिन वह और दिनों की अपेक्षा अधिक परेशान था।

"आज तारा आएगी। वह अपने कॉलिज में ही लाइब्रेरियन लग गई है···और सनीचरवार को लाइब्रेरी बारह बजे बन्द हो जाती है। वह सीधी यहीं आएगी।" अशू ने राजन को बताया। अभी तक तारा राजन से मिली नहीं थी।

एक आनेवाली उदासी की परछाईं दोनों के मुख पर पड़ रही थी। दोनों उस परछाईं को अपने मुख पर से उतार देने का प्रयत्न कर रहे थे। शायद दोनों को एक-दूसरे के इस यत्न का भी एहसास था। पर वे उसे ज़ाहिर नहीं करना चाहते थे।

नीता कॉलिज से आई और तारा लाइब्रेरी से। अशू और राजन दोनों शायद इस सहारे की बाट देख रहे थे।

"आप तो हमसे मिले बिना ही चले जा रहे थे न!" तारा और

नीता ने मानो मिलकर उलाहना दिया।

"नहीं।···"

"आप तो परसों ही चले गए होते···बल्कि चौथे···" नीता ने कहा।

"पर गया नहीं।"

अशू जो बात राजन से पूछना चाहती थी और इतने दिनों में भी नहीं पूछ सकी थी वह वह बात तारा ने पूछ ली।

"एक बात मुझे आपसे पूछनी है।"

"वह क्या?"

"आपने जब गुणीता से ब्याह किया था और हमारा शहर छोड़ा था, तब अगर आप जाते समय हमसे मिलकर जाते तो आपका क्या हरज हो जाता—आप जानते हैं अशू दीदी की क्या दशा हो गई थी?···"

"मेरी दशा भी अशू जैसी ही हुई होगी, तारा, तुम्हें विश्वास नहीं आ सकता।"

"पर अगर एक बार आ जाते तो हम रोक तो न लेते।"

"कोई पन्द्रह बार आया था।···"

"कब?"

"जब सारा जग सो जाता—रात आधी होने लगती।···"

"फिर?"

"बहुत देर तक दरवाज़े पर खड़ा होकर लौट जाता था। तुम्हारे मकान से लगी हुई पानवाले की जो दुकान है कोई आधे घण्टे उसके आस-पास घूमता रहता था। कभी पान लेता, कभी सोडे की बोतल एक-दो घूंट पी लेता, फिर पानवाले की आंख बचा फेंक देता··· फिर सिगरेट ले लेता था, फिर सोडे की एक और बोतल···पर द्वार खटखटाने का साहस नहीं होता था···फिर अगली रात आता था···

फिर···"

तारा आगे कुछ न कह सकी।

अशू को कॉलिज जाकर संगीत का पीरियड लेना था। राजन ने उससे कहा कि वह अशू को रास्ते में उसके कॉलिज छोड़ता जाएगा।

रास्ते कभी इतने छोटे नहीं हुए थे, न कभी इस प्रकार समय के पंख लगे थे। "कल ज़रूर चले जाएंगे?" अनायास ही अशू के भरे हुए गले से ये शब्द निकल गए।

"आज न पूछिए, नहीं तो मैं कल फिर नहीं जा सकूंगा।"

अशू ने राजन के इन शब्दों को जैसे अपने रोम-रोम में घोल लिया और फिर और कुछ नहीं पूछा।

अशू के मन में एक वलवला उठा, 'अगर कभी···कभी ये क्षण ठहर सकते···ये क्षण उसका सम्पूर्ण जीवन बन जाते···या फिर उसका जीवन ही केवल इतने क्षणों का होता···'

धरती निर्बाध गति से चल रही थी। उसने अशू की एक भी आवाज़ नहीं सुनी।

बाकी रास्ता बहुत ही कम था। संध्या समय का अंधकार गहरा हो चुका था और दोनों को एक-दूसरे के मुख अस्पष्ट दीख रहे थे। राजन ने अशू की उंगलियों के पोटे अपने होंठों से छुआ लिए और फिर एक बार राजन का श्वास अशू की उंगलियों पर झुक गया।

राजन की झुकी हुई आंखों में आंसू भर आए। गाड़ी के शीशे में से बाहर की किसी बत्ती की रोशनी आई और अशू ने अपनी उंगली से राजन के आंसू पोंछ दिए।

गाड़ी कॉलिज के फाटक के सामने रुक गई थी। अशू की गरदन से राजन का श्वास छुआ और वह श्वास जैसे अशू के श्वास में लीन हो गया। अशू गाड़ी से उतर गई।

अशू को केवल इतना पता लगा कि राजन ने एक बार गाड़ी में से मुड़कर अशू के बिछड़ते हुए मुख की ओर देखा। अशू की आंखों के आगे गाड़ी के स्थान पर अंधेरा रह गया।

ग्यारह

"दीदी, बहुत दिनों से मेरे मन में एक प्रश्न उठता रहा है, पर जैसे वह मेरी पकड़ में नहीं आया। वह लहर की भांति आता है, पर जब मैं उसे अपने हाथ में लेना चाहती हूं तब उसका उछाला समाप्त हो जाता है और मेरे हाथ में बस चुल्लू-भर पानी रह जाता है।"

"लहर जितना न सही, चुल्लू-भर पानी जितना ही पूछ लो तारा!"

"हंसी न उड़ाइए, दीदी!"

"अच्छा, कहो तारा!"

"दीदी मैंने कई बरस से आपको केवल देखा ही नहीं है, आपके दिल की धड़कन भी सुनी है।"

"हां"

"पर राजन को मैं आज तक नहीं समझ सकी।"

"तुम्हारी बात मैं पूरी तरह नहीं समझी, तारा!"

"असल में मुझे पता नहीं चलता, दीदी, एक उलझी हुई बात को किस सिरे से पकड़ूं। राजन का आपके जीवन में आना और चला जाना—चला जाना भी इस तरह जैसे खड़ा हुआ व्यक्ति अकस्मात् लोप हो जाए—मुझे इस बात की थाह नहीं मिलती।··· दीदी, आपका प्रेम अत्यन्त विशाल मालूम होता है, पर कुछ इस तरह···"

"कहो, तारा।···"

"कुछ इस तरह, दीदी, जैसे सब कुछ रेत में मिलता जाता हो···विफल होता जाता हो।···"

"तारा, अगर इस प्रेम के भाग्य में रेत में मिलना ही हो तो मैं क्या कर सकती हूं?"

"केवल इतना ही नहीं, दीदी, मैं राजन को किसी ओर से भी नहीं समझ पाती हूं। आप जानती हैं कि जितनी बार वह आपके पास आया, चुपचाप आया और चला गया। आपके जीवन में उसने अपने लिए कभी कोई स्थान नहीं मांगा···और दीदी इस बात का भी उसने संकेत नहीं दिया कि अपने जीवन में उसने आपके लिए कौन-सा स्थान रखा है।···"

"तुम्हारा कहना ठीक है, तारा! पर मैं जब अपने-आपको देखती हूं, मैं अपने-आपसे यह प्रश्न पूछने योग्य नहीं रहती।"

"अब न सही दीदी, पर पहले से ही, शुरू से ही देखिए—वह बहुत जल्दी कभी नहीं आया, कई दिन बाद, किसी चेष्टा के साथ नहीं, ऐसे ही जैसे कोई भूला-भटका किसी पथ पर आ निकले—और फिर अचानक जान पड़ा कि वह इस शहर से चला गया···जाती बार भी उसने आपकी ओर कोई···उसके चले जाने की घटना आपके सारे जीवन पर अपनी छाप छोड़ गई और इससे कोई सम्बन्ध न हो···एक अजीब-सी···एक अजीब-सी लापरवाही है उसमें···आप इसे क्या कहेंगी?"

"पता नहीं, तारा—मैंने कभी कुछ कहना ही नहीं चाहा।"

"बड़ी एकतरफा-सी कहानी है यह।"

"हां, पर जब यह है ही ऐसी, तब मैं इसे दोतरफा कैसे बना सकती हूं?"

"अब जब राजन आया था, दीदी, तब भी उसकी कुछ थाह नहीं मिली। जैसे उसके ब्याह की घटना एक अखबार में छपी हुई

खबर की तरह आई थी, वैसे ही उसने अपने तलाक की बात सुना दी···और फिर उसका मिलना इस तरह था जैसे इन दोनों बातों से उसका कोई सम्बन्ध न हो···एक अजीब-सी···ठंडी-सी···पथरीली-सी···लापरवाही···"

"तुम ठीक कहती हो, तारा! मेरे सामने कोई प्रकाश नहीं—पर फिर भी पैरों को उधर जाने से रोका नहीं जाता।"

"किधर जाने से, दीदी?"

"अंधकार की ओर।"

"कौन-सा आकर्षण है इस अंधकार में, दीदी? यह अंधकार आपको अपनी ओर क्यों बुलाता है?"

"पता नहीं, तारा?"

"क्या यह सिर्फ कल्पना की नींव पे खड़ी भीत नहीं?"

"शायद ऐसा ही हो तारा! पर अब और नींवें बना लेना मेरे बस का नहीं।"

"ऐसा अमूल्य जीवन आपने उसके लिए गंवा दिया, दीदी!"

"मूल्य तो लगाने से लगता है, तारा! और फिर क्या उसका मूल्य केवल प्रतिकार में ही आंका जा सकता है?"

"कैसे?"

"प्रेम का मूल्य शायद स्वयं ही चुकाना पड़ता है।"

"पर जीवन तो इस प्रकार नहीं होता, दीदी, इतना अर्पण किया हुआ, इतना कल्पना में बसाया हुआ—कई घटनाएं मार्ग में घट जाती हैं। पर मैं आपको देखती हूं तो यह एक बहुत सुन्दर, रेशमी-सी कहानी जान पड़ती है···"

"जो भी हो, तारा, तुम्हारे सामने है। न मैं उसमें कुछ घटा सकती हूं, न मैं उसमें कुछ बढ़ा सकती हूं।"

"एक बात कहूं, दीदी?"

"हां, कहो।"

"वह लापरवाही उस नश्तर की भांति नहीं जो हर घड़ी आपके स्वाभिमान को घायल करता हो और फिर वह घाव बढ़ता ही जाए।"

"मैं नहीं जानती, तारा!"

"जिस स्थान पर कांटा चुभा हो, जब तक उसे न निकाल दो, लाख मरहम लगाओ, चीस तो पड़ती ही रहेगी।"

"तुम बहुत सयानी हो गई हो, तारा! पर तर्क के इंचों से प्रेम नापा नहीं जाता।"

"अब मैं कुछ नहीं कह सकती, दीदी! पर राजन का सारा चित्र धुंध में लिपटा हुआ है। मुझे कुछ दिखाई नहीं देता।···"

"मैं कब कुछ दीखने के सहारे जी रही हूं?"

"आपके प्रेम की कहानी इस प्रकार है जैसे प्रश्न धधक-धधककर जल रहा हो और उत्तर निरा अंधकार हो।"

"अगर अपने-आप ही जलकर बुझ जाना मेरे भाग्य में है तो मैं उसे कैसे मिटाऊं, तारा?"

"आपकी निष्ठा को प्रणाम है, दीदी! पर मुझ जैसी को कभी-कभी यह निष्ठा भी उस पत्थर जैसी अनुभव होने लगती है जो अपने ही माथे को घायल कर दे।···"

बारह

सप्ताह पर सप्ताह पक्षियों की डार की भांति उड़ते जा रहे थे। अशू हैरान थी···राजन उसके जीवन में स्वप्न की भांति आया और चला गया···सोई हुई कहानी राजन ने क्यों जगाई···अब न उसका कोई पत्र, न कोई खबर···

कभी अशू को लगता कि सस्सी के पैरों को गरम लगनेवाली बालू और भी गरम होकर उसके अपने पैरों के नीचे बिछ गई थी··· कभी उसे लगता कि चिनाब की जानलेवा लहरें और भी ऊंची हो गईं और उसके हाथों में लिया हुआ प्रेम-प्रतिज्ञाओं का कच्चा घड़ा उसके हाथों में से निकलता जा रहा था···कभी उसे लगता कि समय की कैदों ने उसके शरबत में एक जहर मिला दिया था और अब एक-एक घूंट उसके गले में अटक रहा था।

राजन ने उसे कुछ भी नहीं बताया था, नहीं तो वह उसे उसके शहर में ढूंढ़ लेती···चिट्ठी वह कहां लिखती···विवशताएं जो अब तक उसके गिर्द अपने फंदे डालती रही थीं, अब उसके शरीर को भींचने लगी थीं।

मां के बुढ़ापे में अब बीमारी भी मिल गई थी। मां के कमज़ोर हाथों में न जाने कितनी ममता आ जाती थी। वह अशू को छाती से लगाकर कहती, "तुझे ऐसे ही देखते-देखते मैं एक दिन चली जाऊंगी ···मुझे मरकर भी चैन नहीं मिलेगा।"

आंगन में लगे हुए नीम के पुराने पत्ते झड़ गए थे और नई कोंपलें फूट आई थीं। नीम के नीचे चारपाई डालकर अशू बैठी थी और झड़ते हुए पत्तों को मुट्ठी में भर रही थी, जब उसे नये-नये पत्तों में से नीता और सलाम के मुख दिखाई दिए।

नीता पढ़ाई समाप्त कर चुकी थी और अब उसे एक एम्बेसी के दफ्तर में नौकरी मिल गई थी।

"मां! अब नीता का ब्याह कर दो।" अशू ने अचानक कहा।

"नीता का ब्याह···पर···" मां चुप हो गई। अशू मां का आशय समझ गई। बोली, "मां, जब ऋतु बदलती है तब पुराने पत्तों को कोई भी टहनी पर लगाए नहीं रख सकता···।"

अशू ज्यों-ज्यों ब्याह के काम-काज को संभालती थी, उसे लगता

था कि सारी चिन्ताओं का बोझ उसके कंधों पर से उतरता जाता था और वह पक्षी के पंखों की भांति हल्की-फुल्की होती जाती थी, धरती के सारे बन्धन छूटते जाते थे और अब खुला हुआ नीला आकाश ही उसके सामने था।

"दीदी!···" कभी-कभी सलाम सिर झुकाकर कहता, "आपकी सेहत अच्छी नहीं है दीदी!"

"नहीं, पहले से तो अच्छी हूं।"

"नहीं, दीदी, मेरा मतलब था···" और सलाम आंखें परे को करके कहता, "इस खुशी से पहले अगर आपके जीवन में और कोई खुशी आ जाती।···"

बहुत सादा-सा ब्याह था। नीता का धर्म दूसरा था, सलाम का दूसरा, पर जैसे दोनों धर्मों ने अपना दखल हटा लिया और देश के कानून ने दोनों का ब्याह कर दिया।

आंगन में फूलों की महक अभी तक फैली हुई थी, दावत के खानों की खुशबू अभी सारे घर में बसी हुई थी, सबके चेहरों पर खुशी का रंग बिखरा हुआ था, जब रात के समय सलाम घर आया। उसका रंग उस रात पीला हल्दी जैसा था।

"दीदी!"

"सलाम!"

"मैंने एक बात सुनी है।"

"क्या सलाम?"

"पर मुझसे कही नहीं जाती।"

"मैं क्या नहीं सुन सकती, सलाम?"

"काश! मैं कोई अच्छी खबर ला सकता।"

"जो कुछ भी खबर हो, मैं हिम्मत से सुनूंगी।"

"दीदी! ···कहते हैं राजन को कोई नामुराद बीमारी हो गईं है।"

अशू को लगा जैसे उसे खोया हुआ राजन मिल गया हो। चिर-काल की खामोशी का भेद जैसे अनायास ही खुल गया···और अशू को लगा अब राजन को उससे कोई नहीं छीन सकता···कोई नहीं छीन सकता···

"कहां है राजन?" अशू ने पूछा।

सलाम को डर था, न जाने अशू का क्या हाल हो, पर अशू एक अबोध बालिका की भांति प्रसन्न थी जिसे उसका खोया हुआ खिलौना मिल गया हो···साबुत या टूटा हुआ···और जिसे पूरा विश्वास हो कि उसका खिलौना फिर साबुत हो जाएगा···फिर वैसे का वैसा···

"सुना है, वे स्विट्ज़रलैण्ड जा रहे हैं।"

अशू मुस्करा उठी। शोक-सागर में मानो उसे सच्चे मोती मिल गए। स्वप्न ही स्वप्न उसके चारों ओर बिखर गए। फिर सारे स्वप्न गुलाब की पंखुड़ियां बनते चले गए। अशू ने उनकी मुट्ठियां भर-भरकर अपने ऊपर बिखेर लीं···

एक ब्याह के बाद मानो घर में दूसरा ब्याह रच गया। अशू ने कितने ही नये कपड़े सिलवाए। कितनी ही छोटी-छोटी चीज़ें खरीदीं। अपनी मां के हाथ की लिखी हुई पुस्तक अशू ने साथ रख ली। कितनी ही चीज़ें संभाल-संभालकर नीता के हवाले की···सलाम को प्यार करते हुए अशू थकती नहीं थी। तारा को अपनी बांहों में ले-लेकर प्यार करती थी···

और जब अशू सलाम को अपनी दासी मां सौंपने लगी, तो सलाम ने कहा, "आप कुछ न कहिए, दीदी···यह मेरी मां है···मेरी अपनी मां।"

"मां अब मेरे साथ रहेगी।" तारा फूटकर रोने लगी।

"अपने बेटे के जीते-जी मां और किसीके पास नहीं रहेगी।" सलाम ने मानो अधिकार जताते हुए कहा।

"मुझ जैसा शायद ही कोई खुश होगा···और मुझ जैसा शायद ही कोई उदास होगा।···" मां कभी आंसुओं को रोक लेती, कभी उसके आंसू बरबस निकल जाते। अशू के पंखों में जैसे उड़ानें भर गई हों। राजन का पत्र आया—

"अशूजी! मैंने कुछ वह चाहा था जो मुझे कोई भी भगवान नहीं दे सकता था। मैंने दोनों हाथ पसारे थे, पर भगवान की झोली खाली देखकर मैंने अपने हाथ पीछे कर लिए। मुझे क्षमा कर देना ···मैं स्विट्ज़रलैण्ड जा रहा हूं···न जाने, लौट सकूंगा या नहीं। आठ तारीख को मेरा हवाई जहाज़ रवाना होगा।··· एक पल के लिए मैं आपको वहां खड़े देख लेता तो मेरी यात्रा सफल हो जाती।

—आपका राजन"

अशू ने पत्र अपनी आंखों से लगा लिया।

आठ तारीख का प्रभाव जैसे अनेक शुभलक्षणों से भरा हुआ था। सूर्य की किरणें ऐसी थीं मानो मौली की लड़ियां हों!

अशू, मां, तारा, नीता और सलाम सब बम्बई के हवाई अड्डे पर खड़े हुए थे—मुसाफिरों का सामान देखा-संभाला जा रहा था। अशू ने उस जहाज़ से जानेवाले सारे यात्रियों के नाम एक बार फिर पढ़े। पासपोर्ट और टिकट को भी टोहा; और फिर मां के पास आकर बोली:

"मां! जब मैं 'मां' कहती हूं, मेरी आंखों के सामने तीन चेहरे आ जाते हैं; एक मेरी मां का जिसने मुझे जन्म दिया, दूसरा तुम्हारा जिसने सारी उम्र मेरे लिए लगा दी और तीसरा उस देवी का जिसने मेरी मां को उस समय आश्रय दिया जब सारी दुनिया उससे विमुख

थी···मेरे दिल में एक ही हसरत है कि उसे मैंने देखा नहीं। वह भी मेरी मां थी, मेरी 'इकबाल' मां!···"

दासी मां के गले में सदा एक पतली-सी सोने की ज़ंजीर पड़ी रहती थी। मां ने गले से वह ज़ंजीर उतारकर अशू के गले में डाल दी, और मां के सारे आंसू जैसे खिलखिला उठे—ज़ंजीर के चौड़े नग को ढकने की तरह खोलकर मां ने कहा, "बेटा, यह तेरी इकबाल मां की तरफ से···"

चौड़े नग के ढकने के नीचे उर्दू में लिखा हुआ था: 'इकबाल'।

"मेरी इकबाल मां···तुम मेरी इकबाल मां···" अशू का संयम कभी इस प्रकार नहीं टूटा था, "तुमने सारी उम्र अपने-आपको मुझसे छिपाए रखा···मेरी इकबाल मां···मैं मां को एक दासी समझती रही···मेरा गुनाह माफ कर दो, मां···मेरी मां!···"

एक घड़ी के लिए जैसे सब भूल गए कि वे आज राजन और अशू को विदा करने आए थे। सबको ऐसा अनुभव हो रहा था मानो वे इकबाल मां का स्वागत करने आए हों।

"मैंने सोचा था कि 'मां' अपने आखिरी सांस के वक्त बताऊंगी···मैं डरती थी कि कहीं मेरे कारण मेरी बेटियों को दाग न लग जाए।"

"मां, यह तुमने क्या किया?···मैं सारे दागों को चूम लेती···तुम···मिलीं भी तो कब, जब बिछुड़ने का समय आ गया···" अशू बिलख उठी।

"दीदी, जब तक आप दूर रहेंगी, मैं आपकी जगह इकबाल मां की बेटी बनूंगी।" नीता ने मां को आलिंगन में भरकर कहा।

"मुझे लुधियाना में खोई हुई मेरी मां मिल गई है, दीदी! मैं अब मां को अपनी आंखों से ओझल नहीं कर सकता।···" सलाम मर्द होकर भी रो दिया। मां तो फिर औरत थी और उसने अभी-

अभी अशू की, नीता की, तारा की और सलाम की बनकर देखा था।

राजन जब हवाई अड्डे के भीतर के बड़े कमरे में आया, उसकी आंखें जैसे किसीको खोज रही थीं। अशू ने सबसे पहले उठकर राजन का हाथ पकड़ लिया। राजन ने जैसे सारी की सारी अशू को अपनी आंखों में भर लिया। उसकी आंखों में आज असीम भूख थी, आज वह अशू को जी भरकर···जी भरकर देख लेना चाहता था।

"आइए, मैं आपको अपनी इकबाल मां से मिलाऊं:···" अशू राजन को बांह से खींचकर मां के पास ले आई।

राजन चकित था—न अशू ने उसके दूर जाने का कारण पूछा था और न वह उदास थी।

"ये हैं हमारी इकबाल मां।···" अशू ने कहा।

राजन का मुख आश्चर्य से भर गया। मां ने राजन को बहुत प्यार किया।

"मैं अब बहुत दिन नहीं जिऊंगी, अशू—पर जितने दिन भी जिऊं, मुझे तुम्हारी खबर मिलती रहे···तुम्हारा राजन सदा खुश रहे।···" मां ने कहा।

"मां, जिन्दगी मौत से बली होती है। मेरी ज़िन्दगी ने भी मेरा राजन लौटा दिया है—अब इसे कोई नहीं छीन सकता, मौत भी नहीं!" अशू का गला भर आया था।

"आप अशूजी···!" राजन और कुछ न कह सका।

"अब आप मुझे छोड़कर नहीं जा सकते।···" अशू हंसने लगी।

नीना और तारा ने फूलों से राजन और अशू को लाद दिया और राजन को लगा जैसे स्वयं ज़िन्दगी ने अपने दोनों हाथों से एक प्याला भरकर उसके होंठों से लगा दिया हो।

"डाक्टर बाबू आ गए हैं।" तारा का मुख चमक उठा।

"उन्होंने मुझे बताया नहीं था कि वे आएंगे, और अब अचानक इतनी खुशी दे दी है उन्होंने।···" अशू ने आगे बढ़ कर डाक्टर बाबू का स्वागत किया।

"दीदी!" आज से पहले डाक्टर बाबू ने कभी अशू को दीदी कहकर नहीं पुकारा था।

"जी!···"

"आज मैं आपको 'दीदी' कहने का हक लेने आया हूं।"

"आप···मैं तो आपके सामने बहुत छोटी हूं।···" अशू के मन में डाक्टर बाबू का जो आदर था वह उससे झुक गई।

"नहीं, दीदी···आप तारा की दीदी हैं और आज मैं आपके पास से तारा को वापस ले जाने के लिए आया हूं···"

"तारा को!"

"मैं पहले भी एक बार तारा को लेने आया था, पर उस समय मेरे हाथ कमज़ोर थे और मैं तारा के हाथ उस समय नहीं थाम सका था। आज मैं मज़बूत हाथों से आया हूं।···"

"आप! ···" अशू देखती रह गई।

"मेरी अंगूठी अभी तक उसकी अंगुली में पड़ी है।···"

तारा रोकर डाक्टर बाबू के गले से लिपट जाना चाहती थी, पर बरसों के पड़े हुए फासले ने तारा के पैर रोक दिए और वह अशू के गले से लिपटकर रोने लगी।

"मैं किस झोली में इतनी खुशी संभालू···तारा, तेरे भाग्य का चन्द्रमा नहीं, सूर्य चढ़ आया है।···"अशू ने कहा और तारा को अपनी बांहों में कस लिया। सलाम और राजन डाक्टर बाबू से बगलगीर हो गए।

"आपने क्यों इतनी देर अपने-आपको छिपाए रखा?" अशू ने एक उलाहने के तौर पर कहा।

"मैं कुछ तो तारा के लायक बन लेता।" डाक्टर बाबू की लोहे जैसी दृढ़ता आज सर्वथा पिघली हुई थी। "तारा की माताजी कहां रहती हैं?" डाक्टर बाबू ने ही फिर कहा।

"वे लोग गांव में ही रहती हैं। गांववाला घर वे नहीं छोड़तीं। तारा छुट्टियों में उनके पास चली जाती है। दो बार मैं भी गई हूं··· बड़ी कमज़ोर हो गई हैं।" अशू ने बताया।

"दीदी, आप उन्हें लिख दीजिएगा कि मुझे क्षमा कर दें।···" डाक्टर बाबू ने सिर झुका लिया।

मुसाफिरों को बुलाने का घंटा बजा। अशू ने राजन का हाथ पकड़ लिया। दुनिया की कोई ऐसी असीस नहीं होगी जो मां ने उन्हें न दी हो; दुनिया का कोई प्यार नहीं होगा जो नीता, तारा, सलाम और डाक्टर बाबू ने न दिया हो···

हवाई जहाज़ के पंखों में उड़ान भर गई···नीले खुले आकाश में जैसे उकाब उड़ता जा रहा था।

○○○